伝承異聞
呪林

久田樹生
神沼三平太
夜行列車
つくね乱蔵
松岡真事
[illegible]藤一

竹書房
怪談
文庫

※本書は体験者および関係者に実際に取材した内容をもとに書き綴られた怪談集です。体験者の記憶と主観のもとに再現されたものであり、掲載するすべてを事実と認定するものではございません。あらかじめご了承ください。

※本書に登場する人物名は、様々な事情を考慮して一部の例外を除きすべて仮名にしてあります。また、作中に登場する体験者の記憶と体験当時の世相を鑑み、極力当時の様相を再現するよう心がけています。今日の見地においては若干耳慣れない言葉・表記が記載される場合がございますが、これらは差別・侮蔑を助長する意図に基づくものではございません。

桜の樹の下には屍体が埋まっている

――梶井基次郎

わたくしはこんな過透明な景色のなかに
松倉山や五間森荒つぽい石英安山岩の岩頸から
放たれた剽悍《ひょうかん》な刺客に暗殺されてもいいのです
(たしかにわたくしがその木をきつたのだから)

――宮沢賢治

実ならぬ木には神ぞ憑く

――大伴安麻呂

あなたが死にますように

――スノードロップの花言葉

目次

顔松

蛙坂須美

克己さんが見ると、遠藤君はまたしてもあの松の木を見上げていました。

真剣に、食い入るような眼差しで樹上を凝視する遠藤君のそんな姿を目にするのは、これでもう何度目でしょう。


遠藤君の家は江戸中期から続く豪農でした。

周囲を立派な黒板塀に囲まれた数千坪の敷地内には、母屋や離れ、蔵、大工小屋など複数の建物が設置されています。

県の文化財に指定されるほどの建築群だったそうです。

中でもとりわけ目を惹くのは、数十メートルはあるらしい母屋の茅葺《かやぶ》き屋根と、その中庭に佇むクロマツの存在でした。

灰黒色の樹皮を持つその木は、聞くところによると樹齢百年に達しているのだとか。樹高は優に十メートルを超えていたでしょう。

人家の庭にあるには余りに巨大でしたが、古色蒼然とした遠藤君の家にはしっくりと調和していたことを、克己さんはよく覚えています。

ですが、克己さんはそのクロマツをあまり好きではなかった。

恐ろしかったのです。

何故なら、その葉間から時折、複数の顔のようなものが覗いているから。

多くは、老人の顔のようでした。

どれもこれも無表情ではありますが、遠藤君と二人庭で遊んでいるときなどは、そちらからはっきりと視線を感じるのです。

つまり、それらの顔には意思があるということなのでしょう。

顔は、遠藤君にも見えているようでした。

ふとした折、彼は遊びの手を止め、樹上を見上げることがあるのです。

そんなとき、克己さんはそこはかとない居心地悪さを覚えました。

遠藤君とそれらの顔とが、自分には分からない未知の言語で何事かを囁き交わしているような気がしたからです。

結局のところ、自分は余所者にすぎないのだ、と。

不思議と寂しいような気がしました。

生まれつき身体の弱かった遠藤君は、高校生の頃に亡くなりました。

何か難しい病名だったということ以外、克己さんは記憶していません。

一周忌法要の日、克己さんは数年ぶりに遠藤家の敷居を跨《また》ぐことになりました。

例のクロマツは、まだそこにありました。

以前よりも一段と樹勢を増したように思えるその木を一目見た、その瞬間。

克己さんはすぐに視線を逸らし、その場を離れました。

ほんの一瞬ではありますが、葉の間から遠藤君の無表情な顔がこちらを見つめているのに気付いてしまったのです。

わくらばつもる

蛙坂須美

淑子さんの姉は三十を過ぎたばかりの頃、胃癌で帰らぬ人となった。

姉が亡くなる前日、淑子さんは奇妙な夢を見たそうだ。


何処か見覚えのある山中の景色だった。

周囲を背の高い木々に囲まれ、そこだけぽっかりと開けた虚《うろ》のような空間。

その冷たく湿った土の上に、白い寝衣を着た女性が一人目を閉じ、組んだ両手を胸に乗せて、仰向けに横たわっている。

姉だった。

血の気のない、何処か作り物じみた青白い顔は、癌細胞に全身を侵され、枯れ枝の如く病み衰えた現実の姿よりも透明な美しさを湛え、唇にはうっすらと紅が引かれている。

生きてはいないのだ、と思った。

――ひょう。

と山鳥が鳴くような音を立てて、風が吹き渡った。

木々がざわめく。

はらはらと落ち葉が舞い、その幾片かが姉の顔に、衣服に、組んだ手の上に落ちかかる。

——ひょう、ひょう。

勢いを増す風の音とともに、落ち葉はその数を増す。

そのいずれもが、赤、黄、橙の色に病んでいる。

点綴《てんてい》する虫喰い穴の、その一つ一つから雨矢《うし》のような光を透かし、病葉《わくらば》は音もなく降り積もる。

——ひょう、ひょう、ひょう。

埋もれてゆく。

姉が、埋もれてゆく。

今生の別れなのだろう。

名残惜しい、と思った。

けれどそれは姉との別れが、ではなくて。

病葉の海に沈みゆく姉の姿を、もう二度と、目にすることができないから。


白布の下にある姉の顔を一瞥した瞬間、淑子さんの全身に電流が走った。

死に化粧を施されたその顔が、あの夢で見たものと寸分違わず同じだったのだ。

唇が戦慄《わなな》き、膝が笑った。手指の感覚が失せ、脇から汗が滲《にじ》み出た。

淑子さんのそんな様子を見て、父は、母は、他の親族は、唯一の姉を失った彼女の嘆きの深さに心を打たれただろうか。

通夜が終わり、葬儀が済み、精進落としの席に着いても、淑子さんはただずっとあの夢の内容を反芻《はんすう》していた。

あれは、所謂《いわゆる》予知夢なのか。

近しい人の死に際して、そういった理屈に合わない予兆を体験するというのは、なるほどよく聞く話ではある。

しかし気になるのは、夢で見たあの場所。

山。圧しかかる木々に囲繞《いじょう》された、聖域のような空間。

風の渡る音の他、鳥の声も虫の音も届かない、生の真空地帯。

あれは、何処だ。

季節が流れた。春が過ぎ、無限に続くかと思われた夏もいつしか色褪せた。

その年の秋口に、淑子さんは夫と二人、みちのくのとある山を訪《と》うた。

淑子さんも夫も、列島の北部とは縁遠い。揃って西海道の生まれであるから、目に映るもの耳に聞くもの、肺腑《はいふ》に染み入る空気までもが新しく鮮やかだ。

山の麓は、樹齢二、三百年のブナの木々が集まって森林を成している。大きいものでは三十メートルにも及ぶそれらの林冠が森全体を覆い、他の植物種の成育を殆《ほとん》ど圧し止めてしまう。

濃密に漂うオゾンを感じながら、淑子さん達は歩みを進めていく。

ある地点まで来たところで、淑子さんは立ち眩《くら》みに見舞われた。

夫の肩に掴まって襲い来る眩暈《めまい》に耐えていると、あのとき見た夢の光景が不意に脳裏をよぎった。

もしかして、と思った。

ふらつく足取りで、淑子さんは森の奥へ奥へと進んでいく。

彼女の名を呼ばう夫の声を背に浴びつつ、狐狸《こり》か天狗に憑かれたように足を動かし続け、いつしか淑子さんは、背の高い樹木の密生する中に、ぽっかりと口を開けて広がる虚のような空間を見出していた。

ここだ、私が見たのは。

夢に見たのは、ここだ。

姉が埋まっているのは。

肩に置かれた夫の手を振り払い、淑子さんは絨毯のように柔らかく敷き詰められた落ち葉の上に跪《ひざまず》く。

遮二無二《しゃにむに》手を動かして、何層にも重なった無数の枯れ葉を、淑子さんは掻き分けていった。

頭の上で風が鳴っている。

案外に、それはすぐ見つかった。

泥土に塗《まみ》れてはいるが、見紛《みまご》うことはない。

あのとき、この場所で、森閑と積もりゆく病葉の海に沈んでいった姉が、確かに身に纏《まと》うていた、それは白の寝衣に他ならなかった。

――ひょう。

と、頭上で一陣の風が鳴った。

樹液

営業のK

金沢市にお住まいの森上さんは、奥さんと十歳の息子の三人で県営住宅で暮らしている。

奥さんの身体が弱く、入退院を繰り返していることもありお世辞にも経済的に恵まれているとは言えない。

だから息子さんにも欲しいおもちゃも買い与えられず、いつも申し訳なく感じている。

その代わりに、彼は休みになると息子と二人で色んな場所に出かけた。

それは無料で遊べる近場の施設ばかりだったが、それでも息子の楽しそうな顔を見るのが何より幸せだった。

そんな中でも特に息子が楽しみにしているお出かけがあった。

それは夏の限られた期間だけのクワガタ採り。

彼自身も幼い頃はカブトムシやクワガタを採るために、朝から晩まで夏の山を駆け回っていたからコツは熟知していた。

その知識を駆使してクワガタを見つけ捕まえるだけで、息子の顔は歓喜に溢れ、彼を見る視線も尊敬すら感じられるものに変わってくれた。

そしてこれは昨年の七月に遭遇した出来事——。

その日も彼は夜中の二時に目覚ましで起きると、クワガタ採りの準備をした。

午前三時にはなかなか起きない息子を強引に揺り起こし、奥さんを起こさないように静かに家を出た。

車で二十分ほど走ると山道に入り、そこから十分ほど走った場所に車を路上駐車し二人で山中へと入っていった。

まだ暗い森の中を懐中電灯の明かりだけを頼りに、お互い声を掛け合いながら注意深く進んだ。

どうしてこんな暗いうちにクワガタ採りに来るようになったかと言えば、それはライバルを出し抜くため。

カブトムシやクワガタを採りに来る者は意外に多く、お目当てもほぼ同じ樹木になる。

だから以前のように明るくなってから来たのでは既にごっそり持っていかれている場合が多い。

そんなときの息子の悲しそうな顔といったら……。あんな顔は二度とさせたくないと思う彼は、ある程度の危険を承知の上で、暗い時間帯に森の中へ分け入るようになった。

実際、まだ暗いうちにお目当ての樹木を回ると、朝とは比べものにならないくらい大量のクワガタを持ち帰ることができた。

それからは必ず暗い森でクワガタを採りまくり、朝日が昇り始める頃には自宅へ帰るというパターンになっていた。

しかし、その日はいつもとは違っていた。

彼が車を停めようとした際、既に車が一台、停められていた。

……もしかして、もう他の奴がクワガタ採りに来ているのか？

そう思うと歩く速度もついついい速くなった。

だが、実際にお目当ての樹木に辿り着くと、そこには他に誰もいなかった。

ホッと胸を撫で下ろした彼らは、いつものようにライトで照らしながら樹液に集まっているであろうクワガタを探すことにした。

しかし、どうした訳か一匹もいない。

いや、いつもならクワガタに混じって集まっているカブトムシや他の昆虫、カエルなども一匹もいなかった。

どうしてだ？　……今までこんなことなかったのに！

彼らは樹木の表面に滲んでいる樹液をまじまじと凝視した。

すると樹液の色がいつもとは違っていることに気が付いた。

黄色がかった透明の樹液に混じるように、半分ほどが赤く変色していた。

しかもその赤い部分はどんどん増殖を続け、あっという間に樹液全体がどす黒い赤色に変わってしまった。

これも樹液なのか？

興味津々とばかりに顔を近付けていた彼は、その赤い樹液を手に取って興味本位に匂いを嗅いでみた。

するとその樹液からは鉄臭さと同時に何とも言えない生臭さが感じられ、慌ててズボンで擦り落とした。


も～し……も～ああ。

突然、斜め前方から聞こえてきた女性の声に、彼らは思わず「うわぁぁ！」と悲鳴を上げた。咄嗟《とっさ》に視線を向けると彼らの左前方一メートルくらいの場所に、樹の陰から首を出すようにしてこちらを覗き込んでいる女の顔が見えた。

ソバージュの合間から見える吊り上がった両眼が一瞬狐のように見えてしまい、彼はまたしても叫び声を上げた。

その声を上げたとき、女はとても気味悪い薄笑いを浮かべた。

まるで、罠に掛かった獲物を見つめる顔のように……。

気が付けば彼は息子の手を取って全力で走り出していた。

背後から聞こえ続ける、
も～し……も～し……という声を振り払うように。

そんなに強引に手を掴み全力で走り出せば、いつもならすぐに泣き言を口にする息子もそのときは恐怖で固まっているのか妙に静かだった。

何とか車まで辿り着き、慌てて発進させた彼は、息子が助手席でニヤニヤと薄笑いを浮かべているのに気付き、全身に鳥肌が走った。

怖がっていたんじゃなくて、とり憑かれていたんじゃないのか？　と。

家に帰り暫く眠りに就くと、その日の午後には息子はいつもの状態に戻った。

だが、気味の悪いことが一つあった。

あのとき触った樹液の赤が、彼の手に付いたまま残っていた。

どんなに石鹸や洗剤で洗っても、そのどす黒い赤色は一向に落ちてはくれなかった。

そのうちに指は熱を帯びるようになり、翌朝にはそのどす黒い赤色が指全体に侵食し、左手の指全てが赤く染まってしまった。

慌てて病院へ行ったが、原因は分からないまま指の一部が壊死していると告げられた。

彼としてはあの夜の出来事が起因しているとしか思えず、昼間に友人二人と一緒に再び山へと向かった。

すると現地には、警察車両が数台集まっていた。

警官からは、自殺体が見つかったから森へは入れないと告げられた。

それを聞いたとき、彼は瞬間的にこう思ったという。

もしかしたらあのとき会った狐顔の女があの後自殺したのか？　と。

しかしどうやら見つかった自殺体は既に腐乱が進み、ほぼ白骨化していたのだと聞かされ、更に訳が分からなくなった。

そして彼は毎晩のように悪夢を見るようになった。

夢の中には狐顔の女が現れて、

〈誰にする？　……誰にするの？〉

と訊いてくる。

そのとき、自分がどう答えたのかは覚えていないそうだが、ある日彼が仕事から帰宅すると奥さんと息子さんが部屋の中で首を吊っていた。

発見が早かったため、奥さんと息子さんは一命を取り留めたが、どうして自殺などしてしまったのか全く覚えていなかったという。

現在、彼は左手の人差し指を壊死で失い、壊死は他の指にも広がっている。

そして県営住宅の部屋では薄赤い樹液のようなものが垂れていることが多くなった。


彼は一体何をしてしまったというのか？

どうすれば救われるのか？

それは誰にも分からない。

ドンジンボク

月の砂漠

田中さんは小学校四年生のとき、ミツル君という同級生と仲良くなった。今から二十年ほど昔、静岡県にある温泉で有名な町でのことだ。

二人は放課後、町の散策をよくした。ミツル君は樹木の名前にとても詳しい子だったという。

「ほら、田中君。あれはクスノキ、あれはプラタナス、あの低いのはシラカシって言うんだよ」

指を差しながら得意げに教えてくれたそうだ。

あるとき、田中さんはミツル君から、奇妙な話を聞かされた。

「この町の何処かにドンジンボクがいるんだ」

それは何だと首を傾げる田中さんに、

「人間を飲み込む木の妖怪だよ。特に、子供の目玉が大好物なんだぞ」

ミツル君は目を輝かせながらそう答えた。亡くなった祖父に聞いた話だから真実さと、熱く語っていたという。


次の日から、二人のドンジンボク探しが始まった。田中さんは半信半疑だったが、謎の妖怪探しはＲＰＧゲームのようで楽しかった。

夏休みに入ると、二人は町外れの古池を訪れた。そこは立ち入り禁止エリアで、以前からミツル君が「あそこがドンジンボクの住処では？」と疑っていた場所だった。

フェンスを乗り越え侵入すると、二人は古池をぐるりと囲むように生い茂っている木々を一本一本、慎重に調べていった。

数十分ほど、熱中して木々を見て回った頃だ。

ふと気が付くと、ミツル君がいない。

「おーい、ミツルー？」

呼びかけたが返事はない。周囲を見回したが、姿は見えない。

「おーい、ミツルーー！」

ミツル君が池に落ちてしまったのではと心配になり、田中さんは水辺に近寄った。

次の瞬間、噎《む》せ返るような青臭い匂いと、腐った生魚の匂いが、同時に背後から漂ってきた。

匂いの方向を振り返ると、一本の太い木があった。

その木の幹の真ん中に、ピンポン玉に似た白いものが二つ、埋まっている。何だろうと思い、田中さんは顔を近付ける。

それは、血走った目玉だった。

田中さんはパニックになり、気が付いたときには、その場から走って逃げ出していたという。

結局、ミツル君はその夜、家に帰ってこなかった。

通報を受けた警察が、翌日、古池を捜索すると、ミツル君の水死体が発見された。

「ミツルは古池に落ちて溺れ死んだと診断されました。でも……」

田中さんは今でも、ミツル君はドンジンボクに飲み込まれた後、古池に吐き捨てられたのではないかと疑っている。

「だって、ミツルの遺体は……」

両方の目玉がなくなっていたという。

首吊りの木

月の砂漠

「うちの中学校に、首吊りの木ってのがあってさ」

都内のガールズバーに勤めているルリカが、赤いネイルを弄りながら、そう語り始めた。彼女の故郷は栃木県の田舎町にある。

その木は、校舎裏の雑木林に立っていた。周囲の木々に比べて一際枝の太い寒桜だという。

「その木でね、この二十年間に三人が首吊ってるんだって。二十年で三人。ま、多いっちゃ多いよね」

あるとき、ルリカは悪ふざけを計画した。その木で首を吊った真似をして、友達を驚かせようというのだ。

「あたし、昔は馬鹿だったからさぁ。あ、今もか」

夏休みの某日。ルリカは適当な理由を付けて、数人の仲間を夜の雑木林へと呼び出した。もちろん、自分はそれより早い時間に現地へ向かう。悪ふざけの片棒を担がせるため、当時の彼氏を連れていった。

「あたしがブラーンとぶら下がって、彼氏がそれを発見して叫ぶ、っていう段取り」

懐中電灯の明かりの中、偽装自殺の準備をする。脚立に上り、自分の足が届くギリギリの位置の枝にロープをくりつけ、首を入れる輪っかを作った。

「でも……そこでおかしなことが起きてさ」

それまで、渋々手伝っていただけだった彼氏が、突然、俺も首を吊りたいと言い出したのだ。

彼氏は輪っかに首を突っ込み、両手でロープをギューっと絞め始めた。その絞め方のあまりの強さに、ルリカは戸惑った。

「彼氏、顔真っ赤にしてさ。慌てて止めたよね」

しかし、彼氏はなおも、俺が吊りたい、早く吊りたいと真剣な声で繰り返してくる。

ルリカは得体の知れない怖さを感じ、今回の悪戯を中止することにした。結んだロープを外そうと枝に手を伸ばす。だが、何故か結び目が固くて解けない。

次の瞬間、ルリカは意識が飛びそうなほどの衝撃をズシリと脳天に受けた。

何が起きたのかと思い下を見ると、自分の足が地面から僅かに浮いて、ブラブラと揺れていた。

「脚立が倒れちゃったの。しかも、いつの間にか首にロープが絡まってて……」

彼氏がすぐに身体を持ち上げてくれたおかげで、死なずに済んだという。

「危うく四番目の首吊り死体になるとこだった。マジでウケるでしょ？」

後で彼氏に聞いた話によれば、ルリカは自ら輪っかに首を通し、笑いながら脚立を蹴飛ばしたのだそうだ。

「あたし、何でそんなことしたんだろうね。しかも、あのロープ、ギリギリ足が届くように結んだはずなのにさぁ」

彼氏も彼氏で、俺も首を吊りたい、などと言ったことはまるで覚えていなかったという。

御神木

月の砂漠

「うちの田舎に、御神木があったんです」

都内で会社員をしているNさんはそう語り出した。

Nさんの実家は佐賀県のT市だ。この地域には、観光地としても有名な樹齢三千年の神木がある。

「その木とは違くて。うちの町内の年寄り連中が崇めていた、樹齢二百年のクスノキです」

町の神社の裏手に、ひっそりと立っていたという。

Nさんは小学生の頃から、その神木に興味を持ち、神社を度々訪れていたそうだ。

「御神木をさすっていると、なぜか落ち着くんですよ」

祖父からは、むやみに御神木に近付くと祟りがあるぞと叱られたが、それでもNさんは触れることをやめなかった。

そんな折、近所の子供達の間で、神木に関する奇妙な噂が流れた。

「あの木の下には、化け物の死体が埋まってるって。今思えば、よくある怪談話なんですが……」

だが、当時のNさんはこの話を信じた。

ある日の深夜。好奇心を抑えきれなくなり、スコップ片手にこっそりと家を出た。両親も祖父もとっくに就寝している。

神木の前に立ち、根元にスコップを突き立てた。藪蚊《やぶか》を払いのけながら、数十分ほど一心不乱に掘り続けたという。

「そうしたら、ブニュっとした柔らかいものに触れて」

Nさんは興奮しながらスコップを脇へ放り、腰に差していたペンライトを点けた。

光の輪の中に浮かんだのは、人間の首だった。

息が止まるほど驚きながらも、その首をよく見た。

「そしたら、その首……じいちゃんだったんですよ」

家で寝ているはずの祖父が、首だけの姿になって土中に埋まっていた。

「流石に、訳が分からなくなって」

掘った土を戻すこともせず、逃げ出した。

帰宅し、恐る恐る祖父の寝室を覗くと、穏やかな寝息を立てている。Nさんは、さっきのは見間違いだったかと安堵し、布団に潜り込んだという。

「祖父が亡くなったのは、その三日後でした」

Nさんと両親が外出していた際、家が火事になったのだ。

原因は、留守番をしていた祖父の煙草の不始末だった。

祖父は真っ黒に焼け焦げた遺体で発見された。

「でも……首から上は、綺麗なままだったんです」

母は、綺麗な顔でお別れできるねと泣いていたが、Nさんは、神社の土中で見た首だけの祖父を思い出し、複雑な気持ちを抱いた。

「それと、もう一つ不思議なことがあって……」

祖父の遺体の側には、スコップがあった。

あの日、Nさんが神木の根元に置き忘れてきたはずのスコップだったという。

首括りの松

高野 真

城跡と外堀代わりの川に挟まれて、小さな城下町が形成されている。

職人町の名を冠した繁華街に、静かに時の流れる寺町、武家町の名残を留める住宅街。

瓦解、大戦、高度経済成長、バブル経済とその崩壊を経て漆喰《しっくい》塀に長屋門の大邸宅こそその姿を消したが、しかし生け垣や板塀の向こうに庭木が繁り、葉擦れの隙間から甍《いらか》が覗く屋敷の多くには藩士の末裔《まつえい》が今も住まっていて、変わらず街の歴史を紡いでいる。


首括りの松は、そんな住宅街の一角にあった。

もちろん、市の教育委員会が立てた名所・史跡案内に斯様《かよう》な物騒な名前は出てこない。市民ですら、知る者はごく一部である。町内の、しかも代々そこに住んできた一族の者だけが、密かにそう呼び表してきたのだ。

大層立派な松の木である。背後に見える屋敷の屋根より尚高い。

樹齢は分からぬ。それを知るはずの家の者はもはや誰一人としていないからである。

要は廃屋なのである。なるほどよく見れば屋根瓦はずれ、ぺんぺん草など芽吹いている。

手入れのされぬ土塀はぼろぼろと崩れてケロイドのようであり、棟門の半分外れた門扉の奥では人の背丈ほどの雑草が生い茂り密林の様相を呈している。

しかしそんな荒れ果てた庭にあっても、件の松だけが往時を物語るかの如く青々としているのは不思議と言えば不思議であった。


さて、首括りの名の由来についてである。

実は、屋敷が廃墟と化した理由共々、どうもよく分からないのだ。

ある古老は、半世紀ほど前に当主が首を括ったのだと語る。それをきっかけに一族は零落し、屋敷を手放すに至ったのだと。

しかしその娘は、平成の初め頃までは家族が暮らしていて、確か借金を苦に若い父親が首を括り、残された妻は子を連れて実家に帰ったのではなかったっけ、と言う。

またある者は首吊りは御一新の頃の出来事で、近年まで代々子孫が住んでいたはずだなどと言うし、別の者はそもそも首を括ったのは一家の者ではなく通りすがりの者であって、縁起の悪さを嫌って屋敷を手放したのだと説明をする。

諸説入り乱れて何が本当か分からないし、首括りの松を知っていても由来となると口を噤《つぐ》む人も多い。いやもしかすると、どれも本当のことなのかもしれない。

ただ、どの説を採用するにしても、首吊りがあったのは土塀越しに道路にはみ出した枝であるという点において一致を見ていた。

益荒男《ますらお》の腕《かいな》が如く隆々と伸びるあの枝であれば、確かに紐を掛けてもびくともすまい。

そしてもう一点、内容に一致を見る証言がある。

首括りの松に、人影がぶら下がっている、というものである。

夜。街灯も少ないこの界隈を好んで歩く者はそう多くはない。かなりの遠回りをしてでも、車通りの多さに比して歩道が狭くとも、県道を歩く者もあると聞く。

けれどもこの屋敷の近所に住まう者であれば、件の松の下を通らざるを得ない。


地方都市の夜は早い。明かりは少なく、月明かりだけが己が存在を主張する。

県道から少し入れば、車の通りもすうと途絶え、犬の散歩に出る者もなし。

心細さを紛らわせるは、イヤホンから流れる音楽か、スマホに再生される動画か。

視界の隅を、何かが動く。顔を上げれば、向かう先に人の立つ。

黄昏時《たそがれどき》は過ぎて久しいが、誰ぞ彼。塀にもたれるように、ゆらりゆらりと揺れている。

ぎち。ぎち。ぎい。ぎい。獣の歯噛みするような音が微かに聞こえている。

一歩、また一歩。近付くにつれ、揺れる影は大きくなる。

けれども大きさが増すばかりで、一向に解像度が増すことはない。

フイルムカメラで撮ったような、ぼやけた輪郭の、表面のざらついた。

ぎち。ぎち。ぎい。ぎい。ゆらりゆらりと、揺れている。

そうして声を掛ければ届くような距離まで近付いて、あなたは初めて気付くのである。
人影が、空中に浮かんでいることに。
振り子のように、左右に振られていることに。
そしてそれが、首括りの松の真下で起きていることに。
実際には誰もいないのに、影だけが揺れ、ぎちぎちと音を立てていることに。

実話怪談の実話性とは何か、ということが時折話題に上がる。
しかし実のところ、私はさほどそれを気にしている訳ではない。
私は記録することが己の務めだと思っている。
由来に諸説があればその諸説を記録する。
影が音を立てて揺れたとあればそれを記録するまでのことである。
それ以上でも、それ以下でもない。小難しいことは、分からない。
そうそう、記録と言えば、これも書きとどめておかねばなるまい。
この屋敷が住む者の絶えて久しいことは、先に書いた。
すなわち、首括りの松を剪定する者もいない、ということである。
道路にはみ出した件の枝ではない枝も、当然の如く方々へ伸びていく。
そのうちの一本が、敷地境界の塀を越えて隣家へと入り込んだ。

放っておいた理由は定かでないが、ともかく、伸びるままに任せていたのだろう。
隣家の主は、その枝に縊《くび》れて死んだとのことである。

これ多分婆ちゃんなんだよ

夜行列車

神谷という男性から聞いた話。

今から十年ほど昔、彼は父親とその友人のシゲルさんと一緒に地元の山に登山に行くことになった。

シゲルさんは登山そのものというよりも山登り用のガジェットを自慢するのが好きな人だった。登山前日も当日移動中の車内でもひたすら登山靴やカーボン製の軽量な山グッズの自慢を聞かされ、彼はややうんざりしながらもこれから登る山に思いを馳せていた。

今回登るのは『傾山《かたむきやま》』。歩き易く集団での移動に適したルートが多く、登頂中や登頂後に見られる県内でも指折りの絶景が人気の山だった。早朝五時から山に入り往復七時間弱を掛けて、木の生い茂った自然の中を行くコースを計画していた。


人気の登山スポットであると同時に、県内でも『出る』ことで有名な傾山。下山中に迷うことが多いらしく、登山客の遺体がよく発見される山でもある。「何でこんな所で遭難したんだ？」と疑問に思うような発見のされ方で、登山コースから見える場所に遺体が転がっていることがよくあった。

漫画日本昔ばなしに出てくる『吉作落とし』でも有名な山で、些細な気の緩みが命を失うことに繋がるとして、「簡単な道でも決して気を抜かないように」と地元の学校で教えられるという。

大人達はもっと怪談的に『呼ばれる』という体験談をまことしやかに話している。登山中に「道の脇のほうから名前を呼ばれる」。遭難していなくてもこのような体験をする人がそれなりにいて、地元の大人達はお盆の時期には傾山には登らないようにしている。

地域の人間は子供の頃からそうした『呼ばれる』体験をしている場合が多く、遭難しかけたときに「知り合いに名前を呼ばれた」気がして、何故か疑問も持たずに登山道から外れて山の中へと入ってしまう。ふと我に返り来た道を戻ろうとしても、同じような景色の中をぐるぐると回ってしまいそのまま夜を迎えたというパターンが多い。

又は歩いている途中にふと気付くと猛烈な濃霧の中に立たされていることもよくある。唐突に前後左右とも視界がゼロ近く遮られ、踏み出した足の先が急斜面で転げ落ちそうになる。そしてその霧が晴れても今度は自分がどの方向から歩いてきたのかまるで分からなくなっている。

複数で登山していた場合などは霧が晴れたときに仲間の一人又は二人が消えている、自分ひとりが仲間からはぐれて孤立している、などなど、自然とも怪奇とも付かぬ不思議な体験をするのがこの傾山であるという。

地元出身である神谷達は傾山のことも熟知しており、念入りに計画を立て準備をした。想定していた少しキツめのルートで頂上を目指し、和気藹々《わきあいあい》と草木を掻き分け想定通りの時間で登頂することができた。絶景を前に弁当を食べ、少し休憩してから下山することにした。

下山のルートも初心者用ではなくそれなりに厳しいルートを選んだ。道のすぐ脇には木が生い茂っているがその先は急な傾斜になっており、文字通り油断すると命取りになりかねないルートだった。

一時間ほど下ったとき、不意にシゲルさんが「ん？」と言って横を向いた。そして「ああー！」と何かを見つけたような声を上げ、そのままルートを外れて木々の生い茂る傾斜を駆け下りていった。神谷達も慌てて後を追おうとしたが、たまたま近くにいた別の登山者から「行くな！」と注意されてしまった。二次遭難を防ぐためにもここは救助を呼ぶよう説得された。

傾山は携帯の電波が通じるためその場から麓の管理事務所に電話を掛ける。「仲間が突然声を上げながら脇道に入っていった」と伝えると「ああ、声を上げてね、ああ、そうですか。それは大変だ」と妙に親身に受け答えをしてくれる。そして「今すぐ人を送りますんで、絶対中には入らんでくださいね」と話す後ろで「まぁただってよ」「多いなー最近ほんと」という職員達の声が聞こえた。

暫くその場で待機していると、重装備の救助隊が数名駆けつけてきた。神谷達の説明を受け、彼らにはこのままこの場に留まるよう言い含めてから身体にロープを巻き付け、シゲルさんが消えた木々の中へと進んでいく。口々にシゲルさんの名前を呼びながらどんどん奥に入っていき、二十分ほどして遠くのほうで「発見ー！」という大声がした。

救助隊に両脇を抱えられるようにして戻ってきたシゲルさんは、何故か手にピンク色のビニール紐のロール巻きを握っており、それは彼らが戻ってきた急斜面の奥へと伸びていた。

戻ってきたシゲルさんは消耗するどころか少し興奮した様子で、神谷達が救助隊に礼を言うのを聞いて「そんなことよりも」と言った。

「この紐は残しておいてください。さっきの約束守ってくださいよ」

シゲルさんのあまりに無礼な物言いに神谷達は鼻白んだが、救助隊の面々は「はいはい。分かったから」と受け流している。そのまま管理事務所まで降りて一度保護という扱いになり、通報を受けてやってきた警察官からも事情を聴取された後に帰って良しとなった。

シゲルさんが事情聴取を受けている間、神谷は救助隊のおじさん達から現場の様子を聞いていた。本来は守秘義務などあるのだろうが、地元の親近感からか意気揚々と語ってくれたという。

傾山の中では中くらいの太さの木々が生い茂る斜面を救助隊が暫く進むと、一本の木にしがみついているシゲルさんを発見した。滑落して必死に木にしがみついたのだろうと判断して、声を掛けながらシゲルさんの安全を確保するも、「今帰るともうここに来られなくなる」と言って木から離れようとしない。

「ここは危ないし入ってきちゃいけない場所だから、ほら帰るよ」と説得してもシゲルさんは頑として木に取りすがって動かない。救助隊の面々がいい加減頭に来たところでシゲルさんも怯んだのか、「せめてこの場所が分かるようにしてくれ」と言い頭を下げた。

片付けのために再度ここまで来なくてはならないのは非常に面倒だが、それでこの男が落ち着いて移動してくれるならと山中で目立つピンク色のビニール紐をその木に結びつけて、紐を伸ばしながら神谷達の元へ戻ってきたという。

戻る最中も「よかったぁ。よかったぁ」と繰り返すシゲルさんに「本当によかったよ。もうこんなことしないでくださいよ。簡単な道だけど命に関わるんだから」と言うと、「そうじゃなくて、あの場所が分かってよかったんですよ」とニコニコしている。

「何があるとね？」

救助隊がやや苛つきながら訊くと、その言葉に被せるようにシゲルさんはしみじみと言った。

「あれはねえ、多分婆ちゃんなんだよ」

そうしてビニール紐を右手に持ち、左手でポケットからデジカメを取り出した。そのまま両手で操作して画像を表示させ、隣を歩く救助隊員にそれを見せた。一本の木が真ん中に写し出され、根元にはピンク色のビニールテープが巻いてある。先ほどシゲルさんがしがみついていた木だ。

「これ多分婆ちゃんなんだよ」

そうシゲルさんは繰り返す。救助隊は彼が興奮と混乱の状態にあるのだと思い、聞き流しつつ登山道まで戻ってきた。


そうして無事に山から自宅へと戻ることができ、数日後にシゲルさんから謝罪を兼ねて自宅に招かれた。登山当日は「あれは婆ちゃんだ」としか話さなかったシゲルさんもこの日は落ち着いており、謝罪の酒を振る舞いつつあの日にあった出来事を話してくれた。

「山を下り始めてからさ、シゲル〜って呼ばれたんよ」

やけに聞き覚えのある声で、気になりはするものの神谷達は全く気にする様子はない。これはおかしい、『呼ばれる』ってのはこのことか。恐怖心が湧き起こってきたが、ひたすら無視して下山に集中していた。

しかし下るに連れて彼を呼ぶ声は大きくなっていく。そうして遂に彼はふと「あ、婆ちゃん！」と気が付いた。シゲルさんの祖母は彼が子供の頃に、この辺りの山に出かけたきり戻っていないという。

この声は間違いなく婆ちゃんの声だ。そう気が付いてからは夢中で声のするほうに近付いていった。後ろで神谷達が呼ばわる声が聞こえていたが、そのときの彼は祖母への思慕が勝ってひたすら声の元へと急いだ。

やがて急斜面の中に立つ一本の木に目が留まった。その木の目の前まで行くと「ああー、婆ちゃんだ」という確信が湧いてきて思わず抱きついた。

「婆ちゃん、婆ちゃん」

嬉しくて悲しくて目から涙がポロポロ溢れた。

やがて救助隊が到着して彼を説得しているとき、実は結構冷静に状況を見ていたという。「ここから離れたくない」という主張の裏には『この木の周辺を掘って調べてくれ。婆ちゃんが出てくるはずだから』という確信があった。今にして思うとその確信もおかしいものだと分かる。

「気が狂う、ってのは、ああいうことを言うんだなあ」

自宅の居間で神谷達に酒を注ぎながらシゲルさんはしみじみと言った。

その後ひと月ほどして捜索は実際に行われた。『遭難者の遺体が残っている可能性がある』との処理で、あのとき救助隊として現場に行った管理事務所の職員達が現場周辺を捜索して掘ってみたが、人骨はおろか衣服などの遺留品もまるで見つからなかった。

「じゃあシゲルは誰に呼ばれたってんだ」

神谷の父がそう疑問を呈し、「シゲルは本当にもう大丈夫なのか？」と続けて神谷達は空恐ろしくなった。

余談だが傾山周辺では四十代以上の男性がソロ登山で遭難することが多い。多くが祖母を看取った経験のある年代の男性で、傾山は祖母傾山系《そぼかたむき》と呼ばれる山々の中の一つである。

祖母傾山系の最高峰となるのが山頂に神武天皇の祖母である豊玉姫を祀った祖母山《そぼさん》であることから、傾山で『呼ばれる』という話をする際には「婆様を大事にしねえで死なせちまった男が連れていかれるんだよ」という笑えない笑い話が語られているという。

シンボルツリー

夜行列車

造園業で働く本村という男性から聞いた話。

今から二十年ほど前、彼は地元の造園業の会社に就職をした。

ヤンチャだった兄達の影響で地元の悪ガキ集団に属していた彼は、ノリと勢いに任せて高校を中退し、かといって親に逆らえるほどの根性もなく、父親の紹介という名の強制によって知り合いの造園会社の社長に弟子入りをした。

暫くは見習いという扱いでアルバイト達よりも低い立場に置かれ、来る日も来る日も雑用や力仕事に駆り出されていた。そんな職場が苦だった訳でもなく、元来の子分気質《かたぎ》ゆえか先輩達に可愛がられ着実に仕事を覚えていった。

就職して三年ほど経ったあるとき、社長から社員にとある民家の敷地で大きくなりすぎた木の伐採を命じられた。民家の庭に生えている木の伐採や剪定は日常業務であり、今日はお前達だけでやってみろということで、社長は別件の打ち合わせに行くという。

現場を任されたのは中堅のベテラン社員である落合。オーサンというあだ名で呼ばれている落合は彼のことも可愛がってくれる良い先輩であるが、職人らしくやや粗野でいい加減な性分の男だった。

オーサン指揮の下で本村ともう一人の若手である岩田の三人が現場へ行くことになった。

出発の準備をしていると、社長が「ほい」と言って一升瓶を手渡してきた。信心深い社長は偶に年数を経た木を伐る際にお酒を注いで手を合わせることがあった。

「所謂シンボルツリーって奴だから伐る前に撒いとけ」

今回もそれをしろという。業界の常識だと言っているが、この会社しか知らない彼や岩田にはいまいちピンとこない儀式だった。


「今日はオーサンだから余裕だな」

出発前にトイレに行ったオーサンを待ちながら岩田が言った。

岩田は本村よりも二年ほど先輩で、歳も近く何かとよくつるむ社員だった。茶髪でチャラついた彼と違って角刈りで硬派を気取っている岩田は、親が宗教にのめり込んでいてウザいと愚痴を零すのが癖だった。作業着から線香の香りがするのを気にしており、汗をかく職業の癖に香水を振ってくるためトラックの中はいつも変な匂いが充満していた。

「おっ今日は酒持ってくのか。いいじゃんいいじゃん」

本村が荷台に積み込んだ一升瓶を見て岩田が言った。何がいいじゃんなのかと思いながら本村は運転席と助手席の間の狭いシートに乗り込んだ。

現場に着くとオーサンは依頼主の元に行き、本村と岩田は荷物を下ろし始めた。岩田が手に持った緑茶のペットボトルからラベルを剥がしているのが見えて、彼は岩田が良からぬ悪戯でも思いついたのだろうと警戒をした。

オーサンが戻ってきて庭に生えている一本だけ大きく育った木を指で指し示す。この現場はその木と周辺を伐採するだけで良いという。三人も要らないと判断したオーサンはトラックの運転席に戻って休憩すると言い、彼と岩田に作業するよう言いつけた。

「待て待て。今日はそれじゃなくていいから」

いつものように一升瓶の包みを解き始めた本村を岩田が制する。何かと思って岩田を見ると、岩田はラベルを剥がしたペットボトルを軽く振って見せた。そして伐採対象の木に歩み寄り、ペットボトルの蓋を開けてお茶を木の根元に撒いた。

パンパンと手を打ち鳴らして戻ってきた岩田に「何してんの?」と訊くと岩田は一升瓶を指差した。今日のお祓いは自分が済ませたからその酒はネットオークションで売るという。

「バチあたりなことを言うな」

本村は岩田の言葉を鼻で笑ったが、岩田はそんな彼の態度を逆に笑ってみせた。

「社長がやるなら見てるしかないけど今日はお前と二人じゃん。酒が勿体なさすぎて俺にはとても見過ごすことはできん」

そう言って一升瓶を取り上げて荷台に戻し、オーサンに気付かれないよう自分の上着で隠した。岩田が言うにはその日本酒はかなり有名な銘柄らしく、普通に買うと一万円近くするはずだという。社長が普段から経費をバンバン使うのにあやかって食事や飲みを御馳走になっていた若手の二人だが、社長の目の届かないところで忠誠心に差が生まれた。

「バレたらどうすんだよ。あとバチが当たったらもっとどうすんだよ」

と言う本村に対して岩田は、

「バレないよ。それにバチとかお前も宗教かよ、ウケるんですけど」

と言って大袈裟に鼻で笑った。その岩田の態度に彼もムキになって「別に宗教じゃねえし」と言ってその話を切り上げてしまった。

準備を終えて二人体制で該当の木の周辺を念入りに片付ける。

まずは周辺の木の枝から切り落としていく。岩田がチェーンソーを持ち彼が枝を支えて枝の生え際から切り込みを入れる。周囲に枝が倒れていかないように本村は力を入れて枝が倒れる方向を誘導する。調子良く二本三本と伐採していき、該当の一際大きな木に刃を入れる。

いつもの手順通りに巨木を切り倒し、残るは周辺に残るまばらな木だけとなった。

開始と同様に彼が枝を支える側で岩田が枝を切り落としていく。作業の終了が見えてきたとき、岩田は枝を支える本村の右腕にチェーンソーを当てた。

何してるんだ？　と思った直後、岩田は何の違和感もなくチェーンソーのスイッチを入れた。作業服の長袖部分が捩れる感覚がしてすぐ後に激しい振動が本村の右腕を揺らした。同時に焼けるような痛みが襲う。

岩田は力を込めて彼の腕にチェーンソーを押し当ててくる。瞬時に本村は枝から手を離して飛び退ったが、彼の腕の支えがなくなったことで岩田のチェーンソーは空を切り岩田の左足に到達した。彼の見ている前で岩田の左膝が徐々に赤く染まっていき、本村は右腕の痛みを顧みずにすぐさま動いた。

「岩田さん何やってんだ！」

そう叫びながら本村は右腕を左手で押さえたまま岩田の横に回りその尻に蹴りを入れた。チェーンソーのけたたましい音が止まって岩田が動かなくなる。そして絶叫を上げて岩田はチェーンソーを放り投げ尻餅をついた。

叫び声に気付いたオーサンが駆け寄ってきて二人の現状を目の当たりにし、「何やってんだお前ら！」と怒鳴った。このときオーサンは二人が悪ふざけでもして怪我をしたのだと思ったという。

痛みに呻《うめ》く岩田と本村を前にオーサンはすぐさま会社に電話を掛けた。幸いなことに二人の血はそれほど飛び散っておらず、依頼主も叫び声に気付いた様子はなかった。彼も岩田も大怪我まではしなかったものの、とてもじゃないが作業の続行は不可能。

すぐに会社から応援が来て二人を病院に、残った人員で作業を引き継いだ。社長も打ち合わせ先から駆けつけ現場を監督する。まずは二人の血の痕跡を消す作業をする社員の傍で、社長もまた現場の隅々まで血が飛び散っていないかなどを見て回った。

荷台に隠してあった一升瓶を見つけたのはオーサンだった。「社長これ」と言ってオーサンが差し出した一升瓶を見て社長はこれかと確信をした。

周囲の木と比べて二回りほど大きな切り株を確認すると根元には濡れた跡がある。まさか小便でも掛けやがったかと社長は怒りを押し殺しつつ切り株にお酒を撒いて深く一礼をした。社長の行動を見ていたオーサンや社員達も切り株に頭を下げてお詫びの心を示し、その後は最善の注意をしつつ残りの木の伐採を行った。


病院から帰ってきた本村と岩田を社長は鬼の形相で出迎えた。怪我の具合を訊かれ「大丈夫っす」と答えた彼らに、社長は「何か言うことねえのか」と改めて訊ねた。

事故の後に散々話し合って結論を出していた二人は「社長から持たされたお酒を事前に撒きませんでした」と頭を下げた。

「飲んじまおうと思ったのか？」

その言葉に応えられずにいる二人に社長が「ん？」と追い討ちを掛けた。そして岩田が正直に語り出した。

ネットオークションで売ろうと思ったこと。体裁を整えるためにペットボトルのお茶を掛けたこと。馬鹿にする気持ちがあったこと。それらを語ってから漸《ようや》く事故の詳細に話が及んだ。

何事もなく作業は進んでいたし、該当の木もすんなりと伐れた。残った木の枝を払う際に何故か本村の腕が枝に見えて、彼が身を躱《かわ》したことで勢い余って自分の足を切りつけてしまった。足の痛みは感じていなかった。そこまで話すと岩田は黙った。

社長は本村にも状況の説明をさせ、岩田と同じ認識であることを確認してため息を吐き、「こんなこともあるんだな」と言った。

本村も岩田も大怪我こそせずに済んだものの、それぞれ傷跡が残ることになった。岩田は暫く会社を休んでいたが、ある日、数人の連れとともに会社に乗り込んできた。現場仕事ができずに事務作業をしている本村の携帯に着信があり、事務所に社長がいることを確認してから乗り込んできたという。

岩田の代わりに先頭に立った男は社長に名刺を差し出して挨拶をした。本村が聞き耳を立てていると男は岩田の怪我の文句を言いに来たのだと分かった。

曰く、おかしな宗教儀式によって当団体関係者の御子息の身体に傷が残る怪我を負わせたことを謝罪せよ。即刻そのような儀式をやめないと警察に訴えることになるし、当団体には市議会議員もいるので裏からも手を回して圧力を掛けることになる。慰謝料その他で解決を希望するなら私は弁護士なので応じる用意があると。

岩田の野郎クソダセエなと本村は思ったが、社長は岩田を睨みつけてから立ち上がり、鞄の中から紙包みを取り出した。まさか札束かと思ったがそんなものを用意する機会はなかったはずだ。「ほい」と言って社長は岩田にその紙包みを手渡した。

札束を期待する団体の前で岩田が紙包みを開ける。そして中身を確認した岩田は手に持ったモノを放り出して事務所から飛び出していった。岩田の尋常じゃない様子に弁護士も団体メンバーも困惑しつつ後を追う。その後彼らが訊ねてくることはなかったという。

岩田が放り出したモノを見た本村は社長に「なんすかこれ？」と訊ねた。それは表札のような木片に『悪因悪果』と彫られた木の札だった。困惑する彼に社長はもう一つの紙包みを取り出し「ほい」と言って差し出した。紙包みを開けると同じような木の札が入っており、『因果応報』と彫られていた。

「例のシンボルツリーで作ったんだよ。お前と岩田に墨入れさせて事務所に飾ろうと思ってたんだがな」

そう言って社長は笑った。

最初は何でこんなものが怖いのかと思ったが、もしかしたら岩田には大層恐ろしいモノだったのかもしれないと妙に納得もしたという。

改めて手に持った二つの木札を眺めてみると、やけにズッシリと重いことに気が付いた。乾燥した木片にしては異常なほどに重量がある。『お前などに触れられるのは我慢ならぬ』とあのシンボルツリーに言われている気がしてうすら寒いものを感じた。

流されるままに岩田の愚行を放置した自分でさえこうなのだ。果たして岩田はどれほどの重さを木札に感じ、あの木の怒りを宿した木札を恐れたのだろうか。

本村はその二つの木札に丁寧に濃墨で墨入れをして事務所の神棚に暫く祀った。それらは今でも事務所に飾られているという。

座敷牢

夜行列車

今井という男性から聞いた話。

今から十年ちょっと前、彼はとある地方にある一軒家を訪ねていた。

自営業者として働く傍ら、薬物依存症からの脱却をサポートする団体の関係者として様々な人の相談に乗っていた彼は、その日も施設関係者からの依頼でとある家族の様子を見に行くことになっていた。

息子に薬物使用の疑いがある家庭の母親に話を聞き、場合によっては警察や病院へと繋げる仲介をするために、彼は東京駅から電車を乗り継ぎ、数時間を掛けて知らされた住所へと辿り着いた。

息子の薬物疑惑は地域では有名な話となっており、街中で突然叫んでは走り回るという奇行を繰り返す息子は町の人間からも煙たがられ、その母親もまた肩身の狭い思いをしながらひっそりと暮らしているのだという。

警察には絶対に行かせられないと言う母親を町の人が説得し、今井が関係する施設に相談が持ち込まれ、平日に自由が利く彼に施設から依頼が入って、今回の訪問となったのだった。

事前情報によると息子は四十代で、七十代の母親と二人暮らし。嘗《かつ》ては父親と兄もいたそうだが父親は数年前に他界。兄は東京で家庭を持って暮らしている。

インターホンを押すとすぐに応答があり、母親が出てきて今井を招き入れた。

七十代とは聞いていたが、四十代の息子がいるとのことで想像していた外見よりもかなり老け込んだ母親は小さく背中を丸めて如何にも弱々しい。その外見に相応しくヨボヨボとした足取りで彼を居間へと案内した。

案内された居間で四人掛けテーブルの椅子に腰かけたところで、上階から咆哮《ほうこう》のような声が聞こえてきた。

「……おおおおおおぉぉぉっ……」

甲高い男の声。その声を聞いた瞬間に彼は悟った。これは警察案件だと。

今井の長い経験の中で、あれほどの絶叫を上げるようになった人間はまず間違いなく重度の薬物依存状態になっており、そこまで進行した場合はほぼ例外なく覚醒剤にまで手を出している。

そうなるとまずは警察に相談して病院へ掛かり、収監になるか在宅になるかの沙汰を受けねばならない。そして聞いていた話によるとその警察への相談をこの母親は頑なに拒んでいるということだった。

話を聞き始めても母親はやはり「薬物じゃありません」と言うばかりで、息子の現状もはっきり認識している様子はなかった。今井の長くない滞在中にも上階からの奇声やドタバタと部屋を走り回る音は繰り返し聞こえ、それが酷くなると母親は耳を両手で塞いで目を閉じた。

目の前で耳を塞ぎ小さくなる老婆。息子と二人暮らしで周りには隣家もなく、一番近い民家まで畑や空き地を挟んで百メートル以上の開きがある。この心細い一軒家で毎日こんなふうにして息子の錯乱をやり過ごしながら暮らしているのか。そのあまりにも哀れな様子に彼は胸が掻き乱される思いがした。

「お母さん、このままじゃいけないのは分かるでしょ」

今井は言葉を尽くして母親を説得した。息子が吠えるたびに母親は辛そうに眉を寄せ、狂乱が酷くなると耳を塞いで目を閉じる。そんなことを繰り返しながらも、彼は熱心に他人の手を借りる重要性を説き、母親の心細さを心配して励ました。それでも母親は頑なに薬物中毒ではないと繰り返したが、彼の差し出した名刺を固定電話の横にセロハンテープで留め、困ったことがあればすぐに電話すると約束をした。

今井はそれから熱心にその家へ通うことになった。片道数時間の距離を月に何度も往復し、母親を励まし息子の様子を聞いては警察や、それが嫌なら今井達のような団体や自助グループを頼ってくれと説得をした。

そして時には息子の部屋へと赴き彼とも話をした。息子の部屋は昔ながらの一軒家には似つかわしくない重厚な木製の扉に付け替えられており、息子の錯乱が治らない日でも母親は扉に設《しつら》えられた窓から食事を差し入れているのだという。

まるで監獄のような扉は、東京にいる上の息子が取り付けたものだという。部屋の窓には防犯用の鉄格子も取り付けられ、兄は弟を本気で隔離するつもりなのだと分かった。

「お兄ちゃんが扉を付けてくれた。弟もちゃんと分かって自分から部屋の中に入って出てこない。だから弟は大丈夫なんです」

母親はそう言った。彼はこれならさもありなんと思いながらも、それは母親の不安と我慢の上に成り立つことで、やはり警察が駄目でも団体の施設や自助グループを頼るべきだと辛抱強く母親に語り続けた。

錯乱していないときの弟は物腰も穏やかで今井の話をよく聞き、母親への申し訳なさと自身の不甲斐なさを痛感しつつも、薬物については「使用したことはない」ときっぱり否定した。医者ではない今井は弟の容体を見て判断することはできないし、錯乱されても一人では対処できないので長い時間を面会に費やすことも躊躇《ためら》われた。

錯乱する弟の様子を扉越しに窺《うかが》っていたことは何度もあった。弟は「あああ」とか「おおお」などの叫び声の他に、「ババア出せ！　出せよチクショウ！」とか「違う違う！」とか「やめてくれ！」などと叫ぶこともあった。冷静なときとは打って変わった弟の乱暴な言葉に、元来は血気盛んな性格なのだろうと感じた。

錯乱が落ち着いたと確信した直後に部屋に入ったときには、弟は部屋の隅で膝を抱えて震えていた。何に怯えていたのかと訊くと弟は自分が何をしていたのかも覚えておらず、ただ漠然とした不安だけが感情として残っているのだと話した。

これまでの事例でもそういうことはあったので、今井は弟の肩を抱き、大丈夫だと繰り返した。


その家から帰るとき、今井はいつも胸の奥に苦々しい思いを抱えていた。錯乱して暴れる息子と耳を塞いで耐える母親。そんな老婆の悲痛な姿に自分の母親の姿を重ねて胸が掻き乱される。そして東京にいるという兄に怒りの心が湧き起こっていった。

母親から聞き出した兄の連絡先に電話を掛ける。今井が自分は何者でどういう経緯で母親と弟に関わることになったかを説明すると、兄は迷惑だとでも言うようにため息を吐いてから「会ってもいい」と言った。

都内の喫茶店で会った兄は弟とは十歳近く離れた五十代で、随分前に都内にマンションを買って家族と暮らしているという。実家の母や弟とも疎遠にしたい訳ではないが、弟が今の状況になってからは気乗りせずあまり頻繁には帰っていないという。

今井が母を気に掛けていることに感謝を示しつつも、弟の処遇に関してはのらりくらりと結論を避けていた。

今井が兄の目を見て真剣に考えたらどうか、薬物依存から脱却するための施設や団体なら自分が間に入れるから頼ってはどうかと切り出すと、兄の雰囲気も変わった。やや居住まいを正し、彼の目を見て切り出した。

「施設にはね、何箇所か行って相談はしたんですよ。もちろん病院にもね」

そうして兄は彼の経験を語り出した。

兄によると弟がおかしくなり始めてから医者や自助グループには何度も相談に訪れたという。最初に錯乱した弟を何とか病院に連れていこうと救急車を呼んだ。そうしたら救急車ではなくパトカーが現れて五人を超す警官に兄も弟も囲まれてしまった。薬物中毒の通報があった場合には暴れる可能性もあるため、複数の警察官で囲むのだそうだ。

一一九番に電話した際にそこから警察に通報が行ったようで、救急車ではなくパトカーに乗せられて警察署に連れていかれた。そこで尿検査や事情聴取が行われ、違法薬物の反応がないと分かると警察は淡々と「帰ってください」と彼らを突き放した。

何とか相談に乗ってくれないかと頼むも「警察では関与できないから病院に行きたければ救急車を呼びなさい」とアドバイスまでされた。「救急車呼んだらアンタらが来たんだろうが！」と怒鳴りつけて警察署を出たところで、弟が急に走り出して自転車に轢《ひ》かれた。幸い自転車側には怪我もなく、警察署の前ということで相手も及び腰で、「お互い今の事故はなかったことにしよう」と言って自転車はその場から離れた。警察署の前に立っている警察官は近寄ってもこなかった。

地面に蹲《うずくま》って動かない弟にうんざりしながらも救急車を呼ぶ。警察で薬物検査をして問題なかったことを告げると今度こそ救急車がやってきた。

ところが救急車は一向に発進しない。脱法ドラッグ使用者と思しき弟を迎え入れてくれる病院がないとのことだった。かなりの時間を掛けて救急車はその場で病院を探し続け、漸く辿り着いた病院でも血液検査などの結果から違法薬物の反応はないので、家族で面倒を見るよう言われ放り出されてしまった。

営業時間外の病院のタクシー乗り場で項垂《うなだ》れる弟を前に呆然とする兄。

「お前……何やったんだ……」

そのときになって漸くその言葉が出た。

「親父が首吊った木があったろ」

タクシーの中で弟は弱々しくそう言った。一家の父親は数年前に庭の木で首を吊って亡くなっていた。自殺の理由は不明で、遺書には詫びの言葉だけが書いてあった。葬儀や死亡後の手続きなどが全て終わったときに、堪らなくなって業者を呼んでその木は切り倒していた。

「枯れないんだよ」

弟によると、その木を切り倒す際に端切れのような枝を拾って隠し持っていた。父の死に場所となったその木を母と兄は切り倒すと決めた。弟はそれを寂しく思いこっそり枝を自室に持ち帰り水を入れた花瓶に挿した。通常ならひと月ほどで枯れるはずのその枝は、父親の死から数年経った現在も弟の自室で葉を付けているというのだ。

兄は弟の妄想だと思ったが、実家に戻り弟の部屋に行くと確かに枝が花瓶に挿した状態で窓際に置いてあったので、兄はすぐさまそれを処分した。兄はこのときまだ脱法ドラッグが原因だと信じ込んでいたため、枝に関しては全く重視していなかった。それよりも何処で脱法ドラッグをやったのかと問い詰めては、弟の「やってない」という言葉に苛立っていた。

弟は正常なときは全く問題ないが、錯乱すると尋常じゃない動きで裸足のまま家を飛び出していく。そして時間が経つとフラッと戻ってくる。錯乱しているときの記憶は不明瞭で自分が何に怯えているかも分からないという。

実家に滞在していた兄が東京に戻らなくてはならない期日が近付いても、弟が入れる施設は見つからなかった。当時は脱法ドラッグが合法ドラッグの名の元に、雑誌やウェブサイトでも堂々と売っている時代だった。次々にデタラメな調合で売られている脱法ドラッグの数々に、警察も病院も明確な診断を下せない状態で、弟の症状から当該の薬物を割り出して適切な治療をするなど不可能だった。

薬物関連の自助グループや隔離施設も情報が少なく、商売でやっている施設が見つかったとしても法外に感じるほどの高額で、兄は結局打つ手がないまま東京へ戻らざるを得なくなった。

それでも年老いた母に錯乱する弟を任せるのは無理な話で、兄は週末のたびに実家へ戻っては知己の業者に頼んで弟の部屋のドアを厳重なものに付け替えた。兄と弟は話し合い、弟は自ら出ることはできない隔離部屋へ籠もることを約束した。

弟が正常なときを見計らって母親が扉の鍵を開け、弟は風呂に入るために階下へ下りる。それもやがて週に一度ほどのペースになり、涼しい季節には一カ月ほど部屋から出ない日もあったという。

風呂に入る以外のときは自分の判断で部屋に籠もり、母親に外から鍵を掛けるよう念押しをした。錯乱した自分が部屋から出せと言っても決して扉を開けるなと母親に言い聞かせていた。簡易トイレを持ち込んで用を足した排泄物を窓から放り出すので、弟の部屋の外にある農具は弟の排泄物で酷いことになっていた。

「…………」

兄の話を聞いて今井は言葉が出なかった。座敷牢のようだと感じたあの扉のある部屋は本当に座敷牢だったのだ。異様なのは弟が自分の意思で部屋に籠もり、錯乱に備えて鍵を掛けるよう母親に何度も言って聞かせていたことだ。弟には自分が錯乱してそこら中を叫びながら走り回る自覚があったということだ。

一体、弟は何に怯え錯乱しているのか。薬物による幻覚にしてもオンとオフの落差が激しすぎないか。兄の説明にあった「父親が首を吊った木」の枝。処分されたはずのその枝と同じものかは不明だが、今井が弟の隔離部屋に立ち入った際に花瓶に生けられた木の枝は何度も目にしていた。

部屋の外に出ると言っても、風呂場に直行してカラスの行水よりも早く出て隔離部屋へ戻る弟。そんな彼が新しい枝を探しに庭や裏の林に行くのは考えにくかった。

「…………」

そうなると母親が枝を拾ってきて弟の隔離部屋に持ち込んでいるということだろうか。一体何故そんなことをするのか。

「だからね、お袋もおかしいんですよ」

兄と東京で再び話し合った際にそう言われた。今井の疑問に兄はまた迷惑そうにため息を吐いて続けた。

父親が首を吊った木はとっくに切り倒しているのに、弟の部屋にあった枝は兄が目の前で捨てたのに、母親は弟が風呂に入っているときに裏の林から拾ってきた枝を弟の部屋に持ち込んでいるという。家から一歩も出ない弟の部屋に今も花瓶に生けられた枝があるのが何よりの証拠だった。

「何考えてそんなことしてんだって何度も訊きましたよ。お袋はあんな感じですからまともに答えちゃくれませんが」

言葉少なに「薬物じゃありません」と言って寡黙に耐える老婆。そう見えていた母親の姿が異様なもののように感じられてくる。そもそも枝を生けることに何の意味があるというのか。

そこまで考えて彼は家の裏を見に行ったときのことを思い出していた。弟が窓から排泄物を投げ捨てているという現場を見に行ったときのことだ。汚物塗れになっていた農機具を片付けてやれないかと思い裏側の庭を確認しに行き、余りの酷さに諦めて撤退することにした。

視線を上げると家の裏手に広がる小さな林と家の境界のような位置に一際大きな木が立っているのを見て、立派なものだと思った。振り返り母親の元に戻りながら、亡くなった父親のことが頭によぎり、「自分が吊るとしたらあの木だな」と何となく思った。

そのときになって、今まで見ていた巨木に色が付いていなかったことに気が付いた。大きさこそ立派なものだが、その枝にも葉にも色がない、くすんだ白黒の木だったと気付いたのだ。訳が分からず振り返ると、そこには大きな木などなかったという。

「お父さんが首を吊った木というのは、裏手の一際大きな木ではなかったですか？」

そう訊くと兄は「見ましたか」と言って何度目かのため息を吐いた。そして「俺が見たときはブラブラ揺れる親父も見えましたよ」と言った。

「…………」

その言葉に今井は今度こそ何も言えなくなったという。

母親は弟をどうしたいのか、自殺した父親にはどんな動機があったのか。息子の狂乱を耳を塞いでやり過ごしていたあの様子も実は、単にうるさいと思ってそうしていただけなのだとしたら。

嫌な想像が湧き上がってくるのを感じる。父親が首を吊ったことが全ての始まりだったのか。今は切り倒されたその木の魔力によるものなのか。はたまた別の要因があってその木が選ばれただけなのか。或いはこの胸騒ぎが示すように、母親が何らかの手段で父親や弟をどうにかしているのだとしたら。

「親父はね、自殺するような細やかな性格じゃなかったですよ。それは間違いない」

兄が続ける。

「お袋も弟もおかしくなっちゃって、あんなの見ちゃったら帰ろうとは思えなくてね」

兄が今井の顔を正面から見た。

「今井さんがお袋を心配してくれてるのは有り難いんだけど、ぶっちゃけ手を引いてもらってもいいと私は思いますがね」

今井は何も答えなかった。このときにはもうあの家からは手を引こうと半ば決めていた。

「どう考えても薬物じゃないでしょ。私だって今井さんだって見ちゃってんだから」

兄の言葉に頷《うなず》くしかなかった。


結局それから何度か一家の元に通ったが、その後、自然と足は遠のいて毎週のように通うことはなくなり、ここ数年は顔を出してもいない。

今でも弟はあの座敷牢で泣き叫んでいるのだろうと今井は言う。母親か弟が死んだら一応の連絡はするし、もしも自分が死んだら嫁から連絡させると兄は今井に約束をして、今のところ連絡はないという。

白い木

夜行列車

前項『座敷牢』と関連するかは不明だが、白い木に関してはまた別のケースがある。

これは有川という女性から聞いた話。彼女は今から三十年以上前に、とある地方都市に両親と住んでいた。

山間部に住む叔父が亡くなったとのことで、両親と通夜告別式に参列するために山間の村にある本家へ滞在することになった。

忙しなく働く女達に混じって通夜の準備をしつつも、遠方に引っ越していた親戚との再会を喜び、独身で逝った叔父の遺産について交わされる臆測を聞き流していた。

つつがなく通夜は執り行われ、翌日の葬式には田舎の山間部とは思えないほどの弔問客が訪れた。連夜の宴会は通夜告別式のしめやかさが何だったのかと思うほどの目まぐるしさで、彼女も母親達も親戚や弔問客達に料理を振る舞っていた。

宴席から大きなどよめきが起こったので見に行くと、亡くなったはずの叔父が仏壇の前で酒を飲んでいるのを見た。その姿は生前の叔父そのままの陰気さで、恐れ慄《おのの》く親戚連中のことを一顧だにせず黙々とビールをグラスに注いでは口に運んでいる。

「兄貴」

有川の父が恐る恐る声を掛けると、叔父は手元に視線を落としたまま庭を指差して「庭の木全部伐ってくれ」と言った。叔父の指差すほうを見た一同が目を戻すと叔父はのそりと立ち上がり、押し入れの襖を開けてその中にある来客用の布団の上に横になった。そしてみんなの見ている前でスーッと消えた。

呆気に取られる一同の中で、叔父の死を理解していない子供連中が庭に駆け出していった。有川はこれ幸いと子供の面倒を見るために台所を離れて庭に出ていった。

庭の木を全部伐れだなんて叔父さんは何を考えているんだろう。

彼女は子供らが危険な遊びをしないか見張りつつ庭の木に目を向けた。そこに一本だけ枯れたような大きな白い木があるのを見つけた。

カラー写真の中で一本だけ白黒処理されたような燻《くす》んだ白で佇むその木は、本家の家の明かりに照らされて薄ぼんやりとしていた。彼女は病気で腐っているのかもしれないと思いその木には近寄らず、子供達も近寄らないように気に掛けていた。

その日は叔父の幽霊の話で持ちきりだったが、翌日の朝食時も集まった親族で昨晩のことを話し合っていた。

叔父の遺言めいた「庭の木を全部伐れ」という言葉はその場にいた全員がはっきりと聞いて

いた。言葉通りに全て伐採すればよいのか、枝を剪定して昔のような綺麗な庭を造れということか、或いは別の意味があるのかと様々な解釈を検討していた。

その席で有川は昨夜見た不健康そうな木のことを皆に伝えた。

「一本だけ立ち枯れている木があるからそれのことではないか」

朝食後に父親ほか親戚の男衆と一緒に庭に出てその白い木を探したが、結局見つけることはできなかったという。

答えは出ないままその話題は何処かへ行ってしまい、叔父亡き後の本家をどうするのかを話し合って午後にはそれぞれ帰途に就いた。


それから一週間ほど経った頃、家に帰ると母親が電話で深刻そうな話をしていた。電話を切った母親曰く有川の従姉妹の息子のユウ君が交通事故で亡くなったという。

葬儀には両親が行くこととなり、彼女は自宅でユウ君の冥福を祈りながら過ごしていた。帰ってきた両親は従姉妹夫婦の悲痛な様子に胸を痛め、叔父の家で有川が言った『白い木』のことを彼女に訊ねた。

「ユウ君がね、お庭に白い木が生えたって言っていたらしいのよ」

母親の言葉に有川は叔父の家で見た白い木のことを頭の中で思い描いた。その記憶の中で、ユウ君が白い木をペタペタと触っている情景を見たという。それはあり得ない光景だった。叔父の葬儀の夜に庭で見た白い木を彼女は警戒し、子供達も近寄らせないように注意していた。

まるでこの目で見たかのようにありありと浮かんだ映像に、彼女は自分の想像力をおかしく思うと同時に不謹慎さに自らを戒めた。

叔父の幽霊に聞かされた遺言と庭で見た白い木。生前のユウ君が語ったという庭に生えた白い木。その関連にうすら寒いものを感じたものの、彼女にも親族にも判断のしようもなく、結局本家はそのまま売りに出されることになった。

今では取り壊されて新しい住宅地となっているが、彼女が住む地域では時折思い出したように白い木の噂が聞こえてくるという。

遺影

内藤　駆

「内藤さん、怖い話を集めているんですって？」

ある日、バイト社員のオブチ君が喫煙室で声を掛けてくれた。

抜け目のない彼は、煙草一箱で自身が体験した話を教えてくれるというので、もちろん私は快諾した。

オブチ君は二十代前半だそうだが、背が高くて貫禄があり、一回り大人びて見える。そんな彼も十年ほど前は、カブトムシを追いかける純朴な地方の少年だった。

これは彼曰く、ド田舎の故郷で子供の頃に体験した話だという。

小学生六年生の夏休み中、早朝にオブチ君は友人のホンマ君とカブトムシを捕るために、自転車で近くのクヌギ林に向かった。

しかし、去年はそれこそ佃煮にするくらいいたカブトムシやクワガタが、今年は絶滅してしまったのではないかと思うくらいに姿を見せなかった。

「仕方がない、少し遠いけど場所を変えよう」

ホンマ君はそう言うとオブチ君とともに昆虫を求めて、普段は行かない違う山のクヌギ林に遠征することにした。

新たな目的地の山林は最初の山よりも木々の密度が高く、夏の明るい朝でも森の中は薄暗くてやや不気味だった。

「ここ、大丈夫か……俺達子供だけじゃ危険じゃないの？」

オブチ君は鬱蒼《うっそう》とした森の中を見て不安げに言ったが、ホンマ君は「大丈夫大丈夫、中学生の兄貴達だってよく来ているらしいから。さあ、行こうよ。早くしないとカブト達が樹液を吸い終えてしまう」と陽気に言った。

二人は虫取り網やリュックを持つと、初めての薄暗いクヌギ林に入っていった。

そして暫く樹液を出したクヌギの木を何本も見て回ったが、最初の森と同じようにカブトムシどころかカナブン一匹も見つからなかった。

「ここにもいないな、カブトやクワガタ。俺達よりも先に来た奴らが、全部取っていってしまったのかなぁ」

オブチ君が愚痴っている間にも、ホンマ君はどんどん森の奥へと入っていく。

「なあ、もう今日は諦めようよ。それにこの森、何かやたらと暗いし……」

空の虫籠を見ながらオブチ君が、ホンマ君の後ろ姿にそう言いかけたときだった。

「あっ、本当にあった。ここだったんだ」とホンマ君は驚きの声を上げた。

一体何があったのかとオブチ君が、ホンマ君の元に行くと彼らの目線の先には、一際大きくて立派なクヌギの木が立っていた。

だが、それだけではなかった。

その大きなクヌギの木の根元には、薄ピンク色の額縁が置いてあった。

額縁に納まっているのは、若い女性の上半身が写ったポートレイト写真。

写真の中の女性は穏やかな表情で、二人の少年に微笑みかけているようだった。

「この女の人、理由は不明だけどこのクヌギの木で首吊り自殺をした人らしい。写真はその女性の遺影って奴だよ」

ホンマ君は額の汗を拭いながら静かに言った。

「首吊りだって⁉　遺影っていうと、あのお葬式とかで使う死んだ人の写真のことだろ？　ウソだぁ、聞いたことないよ、そんな話」

ホンマ君の話を聞いた途端、オブチ君は写真の女性の笑みが不気味なものに感じられた。

「ああ、オブチは一昨年、こっちに引っ越してきたから知らないんだな。ここら辺じゃ有名な話だ、クヌギの木で自殺した女の遺影。詳しい場所までは知らなかったけど、まさか今回、俺達も発見してしまうなんて」

ホンマ君は薄ら笑いを浮かべながらも、身体は微かに震えていた。

彼の話によると十年以上前、この木で若い女性が首吊り自殺をした。動機は不明。

失恋のショックとか、持病を苦にした末の決断などといろいろ噂された。

女性は一人っ子で、両親は葬儀を終えると他県へと去っていった。

しかし話はそこで終わらなかった。

一体誰が何の目的でやっているのかは不明だが、葬儀が終わった後、定期的に女性の遺影がこのクヌギの木の下に置かれているのだ。

最初のうちは、周りの地域の人々は気味が悪いと思いながらも、遺影が木の下に置かれるたびにそれを回収し、お寺でお焚き上げしてもらっていたらしい。

だが、何度回収しても暫くすると誰かが遺影を置いていくので、不気味なのと面倒な気持ち半々で、遂には放置されることになった。

そして遺影の話をすることはこの辺りではタブーとなり、クヌギの木の場所を知っている者も近付いてはいけないし、他の者には教えてはいけないとされた。

女性の家族や親族は、もうこの辺りにはいない。

そして線香や供物が、一緒に添えられる訳でもない。

ただ、女性の葬儀のときに使われた遺影と同じものが、彼女の自殺したクヌギの木の下に置かれているのだ。何度回収し、お寺で供養しても。

「もう今日は帰ろうよ」

詳しい話を聞いて、更に怖くなったオブチ君は、先ほどから遺影をずっと見つめているホンマ君の肘を突いた。

「わ、分かったよ……」

ホンマ君はこの場から去ることを名残惜しんでいたが、二人は森を後にした。帰りの道中、二人は無言で自転車を漕いだ。

そして彼らの住む町の外れに戻ってきたとき、オブチ君はホンマ君の自転車を見て思わずブレーキを踏んだ。

「ホンマ、カゴ。自転車の前カゴ！」

オブチ君に大声でそう言われて、ホンマ君も自分の自転車を停めた。

「あ……」とホンマ君は、自身の自転車の前カゴに入っている物を見て小さな声を上げた。それはクヌギの木の下に置いてあった、薄ピンク色の女性の遺影だった。

「お前、いつの間にそんな物、持ってきたんだよ!?」

オブチ君は驚いてホンマ君を問い詰めるが、彼は「いやぁ、持ってきた覚えはないんだけどなぁ～」と、さして動揺した様子がない。

それどころか「折角付いてきてしまったんだから、持って帰るわ」と遺影を持って、まじまじと眺めながら呑気に言う。

「絶対に呪われるぞ……」

呆れたオブチ君を無視し、ホンマ君は遺影を持ってその場を去っていった。

それからというもの、ホンマ君は一人で定期的にあの薄暗いクヌギ林に行き、女性の遺影を取りに行くようになったことを、オブチ君だけに告白した。

遺影はホンマ君が取っても、一カ月もすると再びクヌギの木の下に置かれていた。

彼は同じ女性の遺影を、何枚も何枚も集め続けた。

流石にそのことは家族には内緒にしていた。都合のいいことにホンマ君の家は古いがやたらと広く、たくさんの遺影を隠す場所は幾らでもあったという。

「お前、絶対にヤバいよ。あの遺影の女に憑かれているんだよ……」

唯一、ホンマ君の秘密を知っているオブチ君は何度も警告したが、彼は「何か、放って置けないんだよな～」と間の抜けた表情で答えるだけだった。

オブチ君とホンマ君は高校まで同じ学校に行ったが、その間もホンマ君はずっと女の遺影を集め続けていた。

そして、それは今でも続いているという。

高校を卒業するとオブチ君は就職のために上京し、ホンマ君は家業を手伝うために地元に戻った。

それから数年が経ち、ホンマ君が集めた女性の遺影は百枚を超えたらしい。

ただ一応、ひたすら同じ遺影を集めるという奇行以外、ホンマ君は問題なく日常生活を送っていたという。

「でもこの去年の年末、久しぶりに故郷に帰ってホンマに会ったら、何かヤバい状況なっていました……」

オブチ君は、新しい煙草に火を点けながら話を続ける。

その手は微かに震えていた。

「ホンマの奴、左肩を包帯でぐるぐる巻きにしてあったんです」

何があったのかとオブチ君が訊ねると、ホンマ君は、

「クヌギの木に咬《か》まれた」とだけ言った。

どういうことかと、更に訊くと彼は、

「俺があんまりたくさん遺影を持っていくからクヌギの野郎、嫉妬しやがったんだ。たかが木の癖してよ……」

ホンマ君は吐き捨てるようにそう言うと、己の左肩を右手で軽く握った。

そのときのホンマ君の目つきは、以前の穏やかな彼とは違ってやたらと殺気立っていた。

そして現在、ホンマ君は遺影を取りに行くときは、大きな山刀を携帯しているという。

クヌギの木が、また遺影を取るのを邪魔したら返り討ちにしてやるのだと。

「まあ、出所不明の同じ遺影を百枚も集め続けて、おかしくならないはずがないですよね……今はホンマとは連絡を取っていません」

オブチ君は忌々しそうに灰皿に煙草を押し付け、火を消すと話を終えた。

たけやぶばあさん

松本エムザ

近藤さんが中学生だった当時、父親が建てた念願のマイホームは、田園に囲まれた長閑《のどか》な地区に位置していた。近隣には街灯の数も少なく、通行人も滅多に通らない場所であったため、年子の妹は「女の子を夜道で一人歩きさせられない」と、部活で遅くなる際や日の短い冬場は、母親が車で送迎をしていた。

ついでだからと、通学時に母親から同乗を誘われても、

「そんなダセェことできるかよ」

と、中学生男児の近藤さんは断固拒否をし、毎日三十分近く掛けて自転車で登下校していた。

意気がっていた近藤さんであったが、実は人気のない暗い帰り道は苦手であった。特に通学路の途中、道路脇に百メートル以上続いていた鬱蒼と繁った竹藪を通り過ぎる際は、いつもより早くペダルを回した。誰の手も入らないまま伸びるに伸びた竹藪は、周囲の闇を一層濃くし、得体の知れない何かが潜んでいるような気がしたのだ。飛び出してきた猪と衝突して怪我を負った人や、竹藪に潜んだ露出狂の男に下半身を見せつけられた人もあり、周辺では実際に騒ぎも起きていた。

ある日の放課後、街で友人達と過ごした後、近藤さんは自宅を目指して自転車を走らせてい

た。太陽は半分ほど顔を隠し空を茜色に染めていたが、暗くなるまでにはまだ間があるだろうと、その日は呑気にゆるゆると竹藪の前を通り過ぎようとしたところ、

「お前！　お前！　お前！」

と、誰かを叱咤する怒声が、道先の左手の竹藪から聞こえてきた。

何だ何だ、変質者か？

声の主を見定めようと、近藤さんは通り過ぎざま竹藪に視線を向けた。

伸び放題の竹の隙間に、人の姿があった。ぼさぼさの白髪を肩まで垂らした、皺《しわ》だらけの顔の老婆。洗いざらしの浴衣のような簡易な出で立ちから、草刈りの作業中には見えない。両手をだらりと下げ、何に腹を立てているのか、憤怒の表情を浮かべている。

視線が合った途端、ギョロリと目を剥いて老婆は近藤さんを怒鳴りつけてきた。

「すてんでねぇどぉ！　すてんでねぇどぉ！」

一体何の呪文かと思ったが、「すてんでねぇど」が「捨てるんじゃねぇぞ」、つまり「捨てるなよ」の意味だと瞬時に近藤さんは理解した。確かに人通りが少ない割に、その道には空き缶や煙草の空き箱などのポイ捨てが多かった。いやむしろ人目がないからこそ、マナーに欠ける行動を取る人間が多かったのかもしれないが、近藤さんは断じてそういった行為は許せなかった。自分をそんな非道徳的人間と一緒にするなと憤慨した近藤さんは、

「うっせーわ、ババア！　何も捨ててねぇだろうが！」

既に前を通り過ぎ姿は見えなくなっていたが、老婆が佇んでいた場所に向けて捨て台詞を吐いた。

言い返してすっきりしたところで、近藤さんはふと違和感を覚えた。

道に面した竹藪は、傾度のある斜面になっているはずだ。だが、視線が合った老婆の顔の位置と高さから考えると、老婆はあの場所で、下半身が地面に埋まっている状態でなければ辻褄が合わない。そんなことがあり得るのか？

反射的にハンドルを切り返し、老婆を目撃した場所へと急ぎ戻った。

時間にして数秒も掛からなかったはずだ。しかし既に、そこに老婆の姿はなかった。というより、竹と雑草が密生した状態で、老婆が入り込む余地など微塵もないように思えた。

あの老婆が竹の化身で、地面から生えていたのでない限り――。

以降近藤さんは昼夜問わず、竹藪の前を通り過ぎる際は、全速力で自転車を飛ばしたという。

それから数カ月後、飛び込んできたニュースに近藤さんは震えた。

竹藪からほど近い場所で、行方不明で捜索中であった人物が、白骨死体となって畑に埋められた状態で発見された。

「『捨てんでねぇど』って、そういう意味だったんですかねぇ」

近藤さんは四十年以上前の体験談を、そう締め括った。

事件は解決に至らぬまま、法改正を前に時効を迎えている。

義母の菊は口に苦し

松本エムザ

食べられる花の存在は知っていたけれど、実際に口にしたことはなかった。

小洒落《こじゃれ》たレストランや招かれた披露宴の席で、皿の上に綺麗に彩りを添えていようとも、どうしても、「花は食べるものではなく愛でるもの」の認識が強くあり、食指が動かなかった。

そんな里奈さんが、遂に花を食べざるを得ない機会が訪れた。

結婚した夫は新潟の出身であった。彼の地元では古くから食用菊の栽培が有名で、おひたし、酢の物、天ぷらと、秋の食卓に欠かせない食材なのだと初めて知った。というのも結婚後に迎えた最初の秋に、夫の実家から、大量の菊の花が届いたからだ。

花の部分だけが摘み取られ、段ボール一杯に詰め込まれた、紫、黄、オレンジの色の洪水。普段目にする、刺身の上に乗っているサイズより五倍ほど大きい菊の花の山に、度肝を抜かれた里奈さんだったが、すぐさま嫁の務めとして送り主である義母に御礼の電話を入れた。

あの子の好物だから、たくさん食べさせてあげて——。

独特な方言で語る義母によれば、送られてきた食用菊は、義母御自慢の家庭菜園で収穫したものだという。無農薬の新鮮食材だと、電話口の義母は自慢げだ。

そういうことならばと、慣れない手つきで菊を調理し夕飯の食卓に載せたが、夫の反応は予

想とは違い、

「ああ、お袋が送ってきたのか」

と、随分と冷めた様子であった。

「俺はそんなに好きじゃないんだよ。菊が好物だったのは兄貴。未だに混同してんのかな、あの人」

夫の兄は、高校生の頃にバイクの事故で命を落としていると聞いていた。

「そうだったんだ」

兎に角自分も食べて、感想の一つでも義母に伝えなければと、里奈さんは意を決して初めての食用花を口にした。

「苦《にが》っ！」

大人の味というには余りにも強烈な、脳天を直撃する苦さだった。まるで春菊の苦味エキスを煮詰めに煮詰めて抽出したような。

「自家製だからかな、お袋の菊は、特別苦いんだよ。身体にはいいらしいけれど、無理して喰うことないよ」

そう夫に言われても、吐き出す訳にもいかず、涙目になりながら里奈さんは何とか菊の花を飲み下した。

やんわりと「苦手な味だった」「夫も今はそんなに食べない」と告げても、義母は毎年大量に菊を送ってきた。

「送ることで満足しているんだから、そのまま捨ててもいいよ」

と、夫は言うが、そんな薄情なことができるものかと、自分の実家に持ち寄ったり御近所に配ったり、兎に角噛まずに飲み込んだりと、必死に里奈さんは菊を消費した。

菊の季節の訪れが苦痛になってきた頃、義母から送られてきた菊に異変があった。

いつも丁寧に花の部分だけ摘まれていたのに、茎も葉もおまけに土も付いたまま無造作に段ボールに押し込まれていた。

さらに、翌年届けられた段ボールは、開ける前から異臭を放った状態であり、菊はほぼ枯れていて、一部は溶けて茶色い水を滴らせるほど腐っていた。

嫌がらせのつもりかと、憤慨した夫が実家に連絡を入れたところ、どうやら高齢な義母は少々認知症の症状が出ているようだった。義父は既に他界し、独居老人であった義母は、隣県に住む長女(里奈さんにとっては義妹)から同居話を持ち掛けられたものの、「一人のほうが気楽だ」と実家に独りで住み続けていた。ここ最近の義母は、身体の節々に痛みを覚え、物忘れも酷くなり、庭仕事も思うようにいかなくなってしまったらしい。

翌年から、菊が送られてくることはなくなった。ホッとする半面、義母の様子が気掛かりな里奈さんだったが、仕事や育児に追われる日々の中で、どうしても夫の実家事情は後回しになってしまっていた。

そんなある日の午後のこと。幼い息子が漸く昼寝をしてくれたと、ひと息吐いて大きく伸びをしたところ――。突然、里奈さんの口の中に苦々しい味が広がった。

何、これ？

何かを飲んだり食べたりした訳ではない。頬の内側から、いきなり眉を顰《ひそ》める程の苦味が湧いてきたのだ。風邪の前兆かとも思ったが、喉には全く違和感はなく、両頬からじゅわりと溢れる唾液が飲み込むのを躊躇うほどに苦く、口をゆすいでも歯を磨いても、それは口腔内《こうない》に残り続けている。

里奈さんの中でふと、その苦味と同じ記憶が蘇った。

お義母さんの菊だ。

だが何故いきなり、あの味が口の中に再現されたのか？　胸騒ぎがしてすぐさま里奈さんは義母に電話を掛けたが、応答がない。帰宅した夫に、事態を説明して不安を訴えても、

「気にしすぎだよ。口の中が苦いって虫歯じゃないの？　歯医者行けよ」

と、全く意に介さない。

しかし、丸二日経っても連絡が付かない状況に流石に焦ったのか、夫は義妹に連絡し、実家の様子を見てきてもらうように頼んだ。

実家の台所の床に倒れている状態で見つかった義母は、既に冷たくなっており、脳血管障害による突然死と診断された。

通夜に葬儀、そして初七日まで、里奈さん一家は夫の実家で過ごした。その間も里奈さんはずっと拭えない苦味を口の中に感じていたが、母親を亡くして消沈している夫に相談することは躊躇われた。

義実家の慣れない台所で、里奈さんが片付け物をしていた際、突然、

「うわぁぁぁぁん！　ごめんなさぁぁい！」

と泣き叫ぶ、息子の声が耳に届いた。それと同時に、

「いい加減にしろ！」

という夫の怒鳴り声も。

「どうしたの!?」

慌てて声がした部屋に飛び込んだ。六畳の和室。義兄と義父、そして新たに義母が祀られた仏壇の置かれた部屋だ。畳の上には花瓶が転がり、散らばった仏花が水浸しになっている。その前で「ごめんなさい」と泣き続ける息子。彼が花瓶を倒して、それで怒られているのか？

しかし、拳を震わせている夫の怒りの視線は息子にではなく、何故か仏壇に向けられている。

「俺もこいつも、兄貴の身代わりなんかじゃない！　もう勘弁してくれ！」

里奈さんは二人を兎に角まず別室に移動させてから、落ち着かせ、事の次第を訊いた。

夫と息子の言葉を要約すると――。

二人が一緒に仏壇に線香をあげていたところ、息子がいきなり、

「ショウちゃん、おはなパックンするの」

といって仏花に手を伸ばした。

「このお花は食べられないよ」

夫が諭すと、

「だってばあばが『ショウちゃん、きくのはなおいしいよ。たくさんおたべ』っていってるもん」

義母の遺影を指差した息子が、花瓶から小菊をむしり取り口に含もうとする。慌てた夫が「やめろ！」と、息子の手を叩き、花瓶を花ごと床に投げ捨てた。

そんな経緯があったという。

里奈さんは、夫が口にした「兄貴の身代わりなんかじゃない」の言葉を反芻した。夫の名前は「ショウジ」で、亡くなった義兄の名は「ショウイチ」だった。更に息子も漢字こそ違えど、名前に「ショウ」が入っている。

そして義母の死の発覚以降、夫は、何処からか聞こえる「ショウちゃん、菊をお食べ」と囁く母親の声を、幾度も耳にしていたと告白した。

初七日を過ぎたからなのか、夫の願いが届いたのか、以降息子も夫も義母の声を聞くことはなくなり、里奈さんの味覚もいつの間にか正常に戻っていた。

実家から里奈さん家族の自宅へと引き継いだ仏壇には暗黙の了解で、菊の花を供えることは長年避けているそうである。

お役所仕事

加藤 一

この御時世、公共のお仕事というのは底堅い。

どこそこへ行って、現地でナニナニをしてきてくれという具体的な指示があることもあれば、「不便が出ているので差し障りのないようによろしくしてくれ」という具体性もへったくれもない依頼の場合もある。

設備保守、道路保守のお仕事というのは、地方の建設業の定番でもある。設備なり道路なりを作ってそれっきりではなく、それこそ「差し障りのないようによろしく維持していく」のも重要な仕事だ。

相良氏の会社に、お役所から保守の仕事が降ってきた。

お役所仕事は面倒ではあるが、簡単な仕事である。

「ここから、ここまでの担当区域の道路の保守を行い、車両の通行に差し障りがないようにしておくようお願いします」

道路保守作業として割り当てられたのは、ガソリンスタンドの先の緩いS字の一本道である。

道路の両側は農地になっており開けていて見通しがよい。平地の合間に点在する丘より低い山々の間を抜けて、また次の開けた農地へ続く。

これが都市部の道路なら、道路脇に植えられた木が立ち並んで生い茂っている季節であろうが、生憎農地を貫く道であるので、畑に影を落とすような背丈のある街路樹は特にない。

道路のほうは最後に打ち直してからそこそこ経つが、アスファルトにひび割れもないが、手を入れねばならない差し障りもなくはない。

途中、青色の道路標識がある。これが道路脇から伸びた枝葉に塞がれている。

「ああー、あれかあ」

土がいいのか水がいいのか、樹勢旺盛な樹木の一振りが道路側に越境している様子だった。

標識は近隣の町の名前、道路名などを連ねたありふれたものだったが、張り出した枝振りが標識を半分ほども隠してしまっており、肝腎の行き先の地名が読めなくなっている。

なるほど、これは差し障りがある。

緩いS字とはいえ見通しのよい平坦な道路であるから特に問題はないだろうが、路肩に高所作業車を駐車し、決まりに従って作業中を示す看板とコーンを立てた。

ブームの先に小さなカーゴが付いた高所作業車を操作して、標識の手前に上がる。

幸い、チェーンソーが必要になるほどの太さでもなかった。

これなら、高枝伐り鋏で用が足りる。

相良氏はカーゴから高枝伐り鋏を延ばし、枝の根元辺りをざくざくと剪定した。

面倒ではあるが、簡単な仕事である。

標識の周囲が大分すっきりしてきたとき、それは突如起きた。
バサッ。バサバサバサバサバサバサバサバサバサバサ。
ボトボトボトボトボトボトボトボトボトボトボト。
ウワアアアアン、ウワアアアアアン、ウワアアアアアン。
「うおっ！」
思わず声が出た。
得体の知れない虫、虫、虫。
樹上から、作業をしていた相良氏めがけて大量の虫が降り注いだのである。
一体どこにこれほどの、というほどの虫の群は相良氏の顔面めがけてバチバチ当たる。
「うっぷ。ぺっ」
口に入ってはたまらんと虫を振り払いながら顔を庇ったものの、もはや手遅れだった。
針があったか棘でも刺さったのか、相良氏は右目に違和感を覚えた。
やられた、と思ったが、あっという間に右半分の視界が塞がってしまった。
手袋越しに触れてもそれと分かるほどに、腫れ上がっている。
〈こりゃいかん〉
視界不良で作業を続けて事故でも起きたら、それはそれで問題になってしまう。
今日はもう仕事にならん。慌てて作業を中止して高所作業車から降りた。

一体こいつはどうしたことだ、と改めて虫を降らせた樹木を見上げた。枝を剪《き》っていた木のさらにその上、道路標識の遥か上により大ぶりな枝が生い茂っている。

一体、この丘何なんだよ。

それは道路側からは、農地の中に浮かぶ小さな丘に見えていたのだが、ぐるりと南側に回ってみると鳥居と参道があった。

「これ……神社じゃねえか？」

俺が剪ったのは、神社の木じゃねえか？

もしかして、御神木の類じゃねえか？

天満宮とだけ記され、特に祭神も分からないその参道を登り、相良氏は丘の頂にある社で頭《こうべ》を垂れた。

「御挨拶を蔑《ないがし》ろにしてすんません。あれが神社の木だなんて知らなかったんです。本当にすんません。道路側から見えてれば先に御挨拶したんですが、次は絶対に気を付けますんで。ほんとすんません。失礼しました」

取るものも取りあえず社に向かって手を合わせて繰り返し赦しを乞うたところ、右目の視界が不意に晴れた。

顔の半分が歪に膨れ上がるほど腫れ上がっていた虫刺されが、ほんの数分で回復してしまったのである。

以来、現場に入るときは入念に周辺を歩く習慣ができた。神社、祠、お地蔵様、道祖神、由来の有無、祭神の有無は重要ではない。名のある神であるかどうかも問題ではない。民家の軒先の祠や、土地の管理者がはっきりしている場合でもそうでない場合でも、それはそれとして先住の神々がそこに坐《まし》ますなら、作業をするときにはまず一言お断りせねばならない。

思えば、あの天満宮の枝について、恐らくは自分達の前任者もそういう経験をしていたはずだ。そして、枝の扱いに関する申し送りもされていたはずなのではないか。

が、いつしか申し送りは途絶え——いや。

「あそこやべえから、弄らないでおこう」

と、アンタッチャブルにされていたのではあるまいか。

相良氏は、件の天満宮の枝について、一応役所に報告を入れておいた。

「あの標識の枝を払うときは、作業前に天満宮に御挨拶しとくほうがいいです」

役所の担当者は「はあ、そうですか」と引き取ったものの、果たしてこの貴重な知見と申し送りが、きちんと引き継がれるのかどうかは怪しい。簡単なことでも面倒事になる。

この話を伺った折、正確な場所を教わったのでグーグルマップで現況を確認してみた。

果たして、写真に写る件の標識は、再び天満宮の枝によって半分ほど隠されていた。

原状回復は成されていない。ザ・お役所仕事であった。

土になれ

松岡真事

永田さんは、わけあって子供の頃、生まれ育った地方の町を出た。

父母に連れられ、逃げるように背を向けた故郷《ふるさと》であった。

帰郷を果たしたのは、三十代に入った頃のこと。

晴れ晴れしい気分で帰ってきた訳ではない。如何ともし難い仕事の都合であり、すぐにまたホームグラウンドとしている東京のほうへと戻らねばならなかった。

「正直、あまりいい思い出もない町なんですよ。家は貧しかったし、同級生から虐められてもいた。こんなところに帰ってきたって、何の感慨も湧かないと思ってたんですが……」

予想に反して。

久しぶりに踏んだ故郷の土の感触は、意外なほど懐かしさを駆り立てられたという。

ここは昔遊んだ公園だ、あそこを曲がったところに昔住んでいた家がある――などと。記憶の町を散策する楽しさは、「当時の知人に遭遇したらどうしよう」という気まずさを遥かに上回っていたと永田さんは語る。

早々に仕事を片付け、暫しノスタルジックな逍遙《しょうよう》に耽《ふけ》っていると、不意に視界の中へ見慣れぬ大木の姿が飛び込んできた。

──あれ？　昔、ここには樹なんか生えてなかったぞ。

──何だったっけ。そうだ。確か……。

昔、そこには古い電話ボックスがあったはずだ。

永田さんが子供の頃から既に利用する人もあまりおらず、金属部分には少し錆《さび》も浮いていた。

面白半分に「そこの電話ボックスには女の幽霊が出る」という口からでまかせの怪談をクラスメイトに吹聴しまくったことがあるが、当然というか全く流行らなかった記憶がある。

はて、思い違いかな？　首を傾げつつ樹を見上げていると、

「それは欅《けやき》ですよー」


異様に嗄《しゃが》れて間延びした声が、不意に背後より投げかけられた。

慌てて後ろを振り向くと、何時《いつ》からそこにいたのか、お爺さんともお婆さんともつかない中性的な顔つきの御老人が驚くほど近くに立っていて、

「欅の樹ですー」

満面の笑顔で、そう繰り返す。

「あ、そうですか。どうも……」

愛想笑いを浮かべ、再び樹に目をやる永田さん。

泡立つようにデコボコとした異形の幹に、爬虫類の鱗を彷彿《ほうふつ》とさせる樹皮。見上げた先に伸びる枝々もグネグネと躍動するように曲がりくねり、何となく小学生のときに学校の教科書で見た「縄文土器」を彷彿とさせた。

あまり樹木に詳しくない永田さんは、「ふぅん、これが欅か。何かおどろおどろしいな」と素朴な感想を抱いたが、ふと、自分が初めてこの樹を見たときから抱いていた、妙な違和感の正体にも気付いた。

この樹。自分が町を出た後すぐに電話ボックスが撤去されて、その後から生えたものなのかもしれないが――。

欅って……二十年足らずで、こんなにも成長するものなのか？

前、樹齢何百年だとかっていう古樹を実際に見たことがあったが、それくらいの高さはありそうだ。

「あのぅ、つかぬことをお訊きしますが、欅の樹って……」

そう言いながら、もう一度振り向いてみたが、そこにはもう、先ほどの老人の姿はなかった。

そして、「当時近所の人たちはみんな顔見知りみたいな感じだったのに、あの老人については全く心当たりがないのは何故なんだろう？」ということにも思い当たり、ハッとさせられた。

……何故か身震いを覚えたので、もう後は例の〈欅〉の樹すら一顧だにせず、そそくさと逃げるように予約していたホテルに急いだ。


それからすぐに東京へと戻り、以後一度も帰郷していない。

一度、スマホで〈欅〉をキーワードとして検索を掛けてみたが、出てきた画像はあのときに見た異様な樹木の姿とは似ても似つかぬ素朴な大樹だったという。


そしてある日、おかしな夢を見た。

夢の中で、永田さんは故郷の町の中を歩いている。

やがて、件の〈欅〉の樹の前に行き着く。

その八岐大蛇《やまたのおろち》のような異形をぼんやりと見上げていると、不意にチャカポコチャカポコと変な調子の音楽が聞こえ出した。はて、何処からと何げなく振り返ってみれば、そこにはあのとき出会った中性的な印象の老人が踊っている。

二人。

全く同じ背格好、同じ顔の老人二人が、黒い和服姿で滑稽な曲に合わせて舞いつつ、

〝戻ってこいやー、ホイホイ〟

〝土になれやー、ホイホイ〟

そのような歌を口々に歌い、前方をズバリと指差す。

二人の人差し指が示す先は、あの〈欅ではない欅〉の大樹。

その瘤《こぶ》だらけ鱗だらけの幹には、大きな人の顔のようなものが浮かび上がっており、何処か見覚えがあるなぁと思ってしげしげと眺めると。

「――俺の顔じゃん」

うわ、何だこれ！　と思った瞬間に目が覚め、自分の全身とパジャマが寝汗でびっしょりになっていることに気付き、その後自室のテレビの画面が十文字に割れていることにも気付いた。

従事している業務の都合上、永田さんは上からの命令があれば、再びあの町に赴かなくてはならない。

それは覚悟の上だという。

でも、あの〈欅の樹〉の近くには絶対に近寄らないと決めているそうだ。

もう一度、あの場所に戻ったら……。

〝樹の下の土にされるに違いないから〟と。

ピノキオ

松岡真事

ミチルさんが幼稚園に通っていた幼少の頃、家の中には時々『ピノキオ』が出た。

『ピノキオ』と表現するしかないモノだった。

自分よりも頭一つほど背の高い年上の男の子のように見えたが、肌がまるで木彫りの民芸品のような質感だったというのだ。それがきちんとした洋服（今思えば、七五三の衣装のようであったそうだ）を着ており、ヒョコヒョコと奇妙な歩き方をする。

トイレに行くときなど、それがいつの間にか廊下の向こうから首を振りながら近付いてきて、擦れ違う瞬間に軽く片手を上げてひらひらと振ってきたという。

何だか分からないが、「こういうモノもいるんだろうな」くらいに考えていた。

小学校に上がるか上がらないかの時分には、全く見なくなっていた。

十歳くらいのとき、いきなりそんな『ピノキオ』のことを思い出した。

小学四年生ともなって、色んな知恵が付いてきた頃である。その記憶が何とも気味悪く思えてくる。

話し易い人だったお祖父さんに当時のことを告白し、自分が目にしたモノの正体を訊ねてみ

ると、

「じいちゃんにもよく分からないが、そういう変なモノのことは、忘れるに限る。折角見なくなったのだから、もう誰にも言わず忘れてしまいなさい」

真面目な顔でそう言われたので、「自分だけに見えていたのか」と改めて怖くなった。

その日の夜中――。

久しぶりにミチルさんのもとに『ピノキオ』が出た。

深夜、彼女が不意に目を覚ますと、布団の中にあの人形のような男の子が潜り込んできており、おもむろにギューーッと全身を抱きしめられたという。

無論彼女は強い恐怖を感じ、必死に抵抗したというが、

〝おねがい、おねがい。きみがおとなになって、おとこのひととけっこんしたら、いえのちかくにかしの木をうえてほしい。ぼくはそのかしの木のなかにはいって、ずっとずっと、生きつづけるから〟

そんな声が、直接頭の中に響くように聞こえてきた。

これって『ピノキオ』の声？　と思った瞬間、いつの間にやら『ピノキオ』自体、消え失せていたという。

ミチルさんは、現在既婚者であり、二十歳の息子さんもおられる。

だが、家族と暮らしている旦那様の実家の庭に、樫《かし》の木はない。

「結局、植えませんでした。真面目に話しても、正気を疑われるだけでしょうし……それに、あの木偶《でく》人形みたいなお化けの思い通りに行動したくない、という思いも強かったです」

幸い、あれから二度と『ピノキオ』にお目に掛かってはいない。

しかしミチルさんは今でも、あの夜何度も何度も布団の中で擦り付けられた、固く冷たい『ピノキオ』の顔面の感触を忘れることができないという。

真っ二つ

松岡真事

　八十年代中頃の話である。

　現在、鹿児島県で水道工事の仕事をしている男性・里中さんの自宅の近くには、桜の名所として有名な自然公園があった。

　通称、『桜公園』。薄桃の花咲き誇る春先ともなると、近隣から花見客が大挙して押し寄せ、それはそれは盛況であったという。

　そしてそんな季節柄に関係なく、近くに住む子供達の間では絶好の遊び場として日常的に使用される場所でもあった。

「当時、まだ僕は小学生でした。所謂悪ガキって奴です。同じ穴のムジナみたいな友達らとつるんで、親や先生が見たら顔を真っ赤にして怒りそうな悪さばかりやってました」

　そんな彼らの間で、ある頃から「川上り」という遊戯がブームとなった。

　先ほど説明した自然公園の脇には、公園の敷地に沿うような形で小川が流れている。そのずっと川下に当たる比較的緩やかな流れの場所から、ずんずんと川の流れに逆らって上流へ上っていく。それが「川上り」だ。

「上流へ向かうに従って、所謂難易度も上がっていく訳です。川幅は狭くなるし、川底の傾きが急になってくるから自然、流れが激しくなるんですよね。下流と違って、障害物になる石もゴロゴロしてる訳で」

そんな『難所』をクリアしながら、上へ上へと歩いて上っていく訳である。

聞くだに危険な感じがするが、実際に危険きわまりない。そして、危険だからこそ子供は楽しくてやめられない。

夕方、濡れネズミとなって帰るだけでお母さんから大目玉だったというが。そんな遊びをしていたと知れたら卒倒されたかもしれないと里中さんは笑う。

「いやいや、笑っちゃ不謹慎か……。僕も、自分の子供がそんなことやってたら叱り飛ばすでしょうしね。でもね、子供だって馬鹿じゃないんだ。ちゃんとルールがあったんです」

里中さんら悪ガキグループが決めていた、暗黙のルール。

それは、「川上りのゴールは、絶対に桜公園の手前辺りまで」というもの。

理由は簡単。それより上流からは一気に障害物となる石や岩が多くなり、常識的に考えて子供ではクリアできないようなハードさになってしまうからだ。

でも。ここで一つの疑問が脳裏を過ぎる。

本当に、そのルールは遵守されていたのだろうか？

「はい。みんな固く守ってましたよ――あの日までは」

あの日。

悪ガキグループは、いつも通り「川上り」に興じていた。

だが、いつもと違った点が一つだけあった。グループのリーダー格だった年長の少年・ケンちゃんがいつにも増してハイテンションであり、ゴール地点と決めていた「桜公園の手前」に達しても物足りない様子で、

「今日はもっと上に行く。行ける気がする」

そう言い張ったのである。

里中さんらは、断固反対した。これ以上は絶対に危険だ、一〇〇パーセント流される、大人に叱られるだけでは済まなくなる、とケンちゃんを説き伏せようとした。

しかし、焼け石に水。

「へーん、弱虫！ そんなら、俺一人で行ってやらぃ」

制止の声も聞かず。ケンちゃんは、一人どんどん上流へ向かって歩き出した。

互いに顔を見合わせる里中さんと仲間達。するとやがて「それなら俺も一緒に行く」と言い出す者が現れる。

グループの一番下っ端で、いつも調子のいいことばかり言っているノブというあだ名の少年である。

「お、おい。どうする。ケンちゃんとノブの奴、もう何言っても聞かないぜ？」

「しょうがねぇ。おーいケンちゃん、俺達も後から行くよぅ。待ってろー！」

後から行く、とは言ったものの。やはり無事に川の中を進んでいく自信はない。

里中さん達は、仕方なく公園の中の遊歩道を通って、ケンちゃんとノブを追った。

流れに逆らいながらゆっくり歩く二人より、地上を走る自分達のほうがよほど速い。兎に角公園の端まで急いで到着し、川のほうを注視しながら二人を待った。

自生している植物とか地形などに見通しを遮られ、遊歩道の途中でどうしても二人の姿を見失ってしまう場所があるのだ。

しかし。

幾ら待っても、ケンちゃんとノブは上がってこない。

「どう考えても遅すぎる。まさか途中で流されちゃったんじゃ――」

戻ろう、ということになった。

一旦二人と別れた場所まで引き返し、そこから上流へ行く者と下流へ向かう者の二手に分かれて、ケンちゃんとノブを探すことにしたのである。

その結果――。

「二人とも、無事でした。いや。無事　と言っていいのやら」

遊歩道からは殆ど死角になっている場所で、ケンちゃんとノブは発見された。

腰まで水に浸かった姿勢で、ガタガタと震えていたそうだ。

すぐに助け出して話を訊くと、

「川を上ってたら、遊歩道のところに人影みたいなのが見えた」

「大人に見つかるとヤバいんで、すぐに上手から見えないところに隠れた」

「コッからなら大丈夫だって、上を見たら」

「その大人、腰から上がなかった……」

紫色の唇で、そんなことを語り出す。

身体が冷えすぎておかしな幻覚を見たんじゃないだろうかと心配する仲間達を尻目に、ケンちゃんとノブが続けるには、

「やべぇ、お化けだと思って動けなくなった」

「腰から下だけのそいつは、何かを探してるみたいにそこをうろうろしてた」

「そのとき、〝あっ、俺ら誰かから見られてる〟って感じを覚えた」

「視線は、うろうろしてる下半身の、ずっと上から感じた」

「多分、桜の樹の上……」

――樹の上に、〝上半身だけの大人〟がいて。

――そいつが、自らの下半身と自分ら二人を、じっと見つめている。

ケンちゃんとノブは、同時にそんな恐ろしい光景を想像してしまった。

だから、決して上を見なかった。

ソレと視線が合えば、終わりだと察したのだ。


暫くして、バタバタとたくさんの人間の足音が聞こえてきた。

これはどうやら、二人を捜しにきた里中さん達のものらしかったのだが、その音とともに「誰かから凝視されている」という感覚が消滅した。

見れば、遊歩道をうろうろしていた下半身の姿も消えている。

「すぐにお前達を呼びたかったんだけど、怖すぎて声も出せなかった」

「身体も動かなかった。動けなかった。みんなが見つけてくれなかったら、このまま全身が冷えて死ぬかと思った――」

ケンちゃんとノブは、涙すら流さず一気に語り終え、それからは長い沈黙が訪れたという。


後で知ったそうだが、どうも二人が怪異を目撃した場所には地元の人が〝首吊りの樹〟と呼ぶ曰く付きの桜の古樹が植わっていたらしい。

昔から、「まるで犠牲者を吸い寄せるように」次から次へと首吊り自殺を遂げる人が後を絶たない……そんな樹であったそうだ。

つまり、二人の悪ガキが見たモノはその古樹由来の存在であろうという話である。

だが、どうにも解せないものがある。

「二人が見たのは、〝身体が上下二つに分かれた大人〟の姿をしたモノだったのでしょう？　あまり〝首吊り〟とは関係のない外見だと思うのですが」

そう訊ねた私に、「実は僕もそう考えてるんですよ」と里中さんも被せてくる。

「僕が思うに、樹って人間とは比べものにならないくらい長生きじゃないですか」

同じ桜でもソメイヨシノは樹齢六十年から百年程度と比較的短命だが、樹齢が千年を超えるヒガンザクラも実在している。

「だから、地元の人も知らないくらい昔にその桜の樹で亡くなった人の中に〝首吊り以外の死に方〟をした者がいたんじゃないかな」

「真っ二つ、ですか」

「真っ二つ、です」

桜の木を前に真っ二つ、とはどういう状況だったのだろうか——。

ちなみにそれ以来、ケンちゃんもノブも別人のようにオドオドした性格の子供になり、仲間達とも一緒に遊ばなくなってしまった。

そして何故か殆ど同時期に、二人揃って転校してしまったそうである。

彼方の山の話　二篇

若本衣織

遠縁に穂高さんという人がいる。

もう随分昔に鬼籍に入っているが、彼が教えてくれた自然に関する知識や知恵、ちょっとした小話や由なしごとは、今を生きる上で大いに役立っている。

穂高さんは炭焼きの家に生まれ育ったが、戦後は木材調達のために禿げ山になった山林を再生するため、営林署に長く勤めていた。現代は人材不足に喘ぐのが常となった業界ではあるが、当時の林業は働き手が潤沢にいた。方々の地域から出てきた人々が、山に小屋を掛け、何カ月も共同生活を営みながら木を植えていく。そのような「山泊」の中では重く静かな夜を紛らわせるため、酒を交わしながら遠い故郷の話に花を咲かせるのが常だった。

中でも、特に場が盛り上がったのが艶話と怪談である。植林事業に携わる者の殆どは、多かれ少なかれ、幼い頃から山に関わって生きてきた。自然と怪談の舞台となるのも山が多く、圧し潰されそうな闇と静寂を肌に感じながら聞く恐怖譚に、心底から震えたという。

その中でも、穂高さんが繰り返し話していた二篇を紹介したい。

ミズキ

劔《つるぎ》さんの故郷に伝わっている話である。

彼の集落には、昔々、弥彦さんという腕利きの猟師が年老いた母親と二人で暮らしていたそうだ。少しそそっかしいところはあるのだが、獣を見つけるのが抜群に上手で、取れすぎた獲物を男衆がいない家庭へ積極的に届けてくれたりするため、大変慕われていた。

冬は狩猟の季節である。特に雪のある日は地面の凹凸や枯れ枝・枯れ草が均《なら》したように凍りつくため、吹雪さえなければ普段以上に歩き易い。おまけに、獣の糞尿の痕跡や食痕、足跡もよく見える。冬の間に全ての獣を狩り尽くしてしまうのではないかというくらい、弥彦さんは毎日のように狩りに出かけていた。

正月十五日、早朝のことだった。

その日は山の神様をお祀りする「山留めの日」であり、山に入ることが禁じられていた。

いつもと同じように早く起きた弥彦さんだったが、流石にその日は一日道具の手入れだけをするに留めようと心に決めていた。

しかし、いざ砥石を用意したところで、頭を抱える事態が起きた。よりにもよって、最も大切にしている剣鉈《けんなた》を一本、山の中に忘れてきたことを思い出したのだ。

何処に、どうやって置き忘れたのかも、鮮やかに蘇ってくる。

前日、たくさん獲れたウサギを縛って背負いこむときに、ひょいと木の根元に刺したのだ。

その剣鉈は弥彦さんが今は亡き父親から譲り受けたものであり、大変高価なものだった。

ちらりと窓の外の雪に目を遣る。

この風の感じだと、今夜は吹雪になるだろう。荒天が長く続けば、その分だけ次に山に入れる日取りが伸びてしまう。雪の中で凍りついてしまったら、錆や傷みの原因になるのは間違いない。なるべく早く回収したかった。

厄介なのが、今日が山留めの日だということだった。

弥彦さん自身は若さもあって大して信心深いほうではなかったが、禁忌の日に山入りしたことを誰かに見咎《みとが》められるのは、狭い集落内ということも相俟《あいま》って避けたかった。

ただ、早朝である今の時間ならば、まだ外に出ている人は少ない。

そんな邪《よこしま》な考えが頭を過ぎる。あと数時間もすれば麓の神社から神職がやってきて、祝詞《のりと》と神楽の奉納がある。それまでに戻ってくれば誰に咎められることもないだろう。雪上の足跡も、どうにかして誤魔化してしまえばいい。

腹は決まった。弥彦さんは最小限の身支度をして、家を飛び出した。

思惑通り山の中に入ったのは良いが、何だか妙に据わりの悪い雰囲気に弥彦さんは面食らった。物心付いた頃から、もう一万遍は辿った道である。それなのに山の中は妙によそよそしい緊張感に包まれており、普段とは全く別の表情をしていた。

きっと自身の後ろ暗い気持ちがそう思わせるのだろう。

弥彦さんはぞわぞわする不快感を無理やり押し込めながら、雪の山道を急いだ。

山に入って小一時間、漸く前の日に荷物をまとめ上げたところまでやってきた。

木の根元を検《あらた》めると、確かに自身の剣鉈が刺さっている。

これを引き抜いて帰れば終わりだ。

そう思って手を伸ばしたのだが、これがなかなか抜けない。どうやら、根元に刺さったまま凍りついてしまったようである。力任せにえいえいと引っ張ると、急にずるっと剣鉈が動き、弥彦さんは、そのまま自重で背後へ倒れ込んでしまった。バキバキバキと耳障りな音とともに、身体の動きが止まる。慌てて体勢を立て直して振り向けば、背後に生えていた細い木が根元から折れてしまっていた。この木に助けられる形で転倒を避けられたのだと胸を撫で下ろすも、何故か高鳴りする動悸が収まらない。無性に嫌な予感がして、剣鉈を引っ掴み、山を下りようと一歩踏み出した瞬間だった。急に身体が硬直し、眉一つ動かせなくなってしまった。

弥彦さんは、何が起こったのか分からなかった。

まるで足に根が生えてしまったかのようである。どうにか力を入れて足を上げようとしても、指先一本動かせなかった。ぶわっと冷や汗が噴き出た。ぽたぽたと垂れる汗が、雪上に点々を描き、消えていった。額から出た水滴が、喉へ、そして胸元へと流れていく。しかしそれを拭うことすら叶わない。

白い呼気が、ゆっくりと大気に溶けていく。声を出せない。瞬きもできない。

頭の中は恐慌状態であるというのに、鼓動の間隔が、段々とゆっくりになっていくのを弥彦さんは感じていた。一秒に一回、十秒に一回、一分に一回。このまま、鼓動の音が消えてしまうのではないかと、恐怖でどうにかなりそうだった。

山留めの日に、山の中に入ったからだ。

弥彦さんは即座に思い至った。そんな大事な日に、山の木を折ってしまったから罰を与えられたのだ。弥彦さんは動かない唇の代わりに、頭の中で必死に謝罪を繰り返した。

山留めの日に、山の中へ入ったこと。

鉄物を山の中へ置き去りにしてしまったこと。

凍てついていたものを、無理やり引き抜いてしまったこと。

挙げ句の果てに、山の木を折ってしまったこと。

繰り返し、繰り返し、謝罪の言葉を反芻する。

雪煙がどんどん激しくなり、身体が白く塗られていく。不思議と寒くはなかった。徐々に視界が狭くなっていく中、必死になって意識を保ち続けていた。

どれくらい時間が経っただろうか。

急に指先が温い湯に浸けられたかのように、俄に熱を帯びた。思わずグッと力を入れると、難なく握り拳を作ることができた。身体が動くのだ。

ゆっくり瞬きをすると、どんよりとした雪雲が散り、痛いほどの晴天に目が眩《くら》んだ。何処からかエナガの高く軽やかな囀《さえず》りも聞こえてくる。目が慣れてくれば、朝の柔らかな日差しに照らされた、もう見飽きるほど目にした山の風景である。

太陽の高さを見る限り、まだ午前中であることは確かだ。足下にはうっすら雪が積もった剣鉈が落ちている。永遠の時間のように感じたのは、まやかしだったのだろうか。

あの厭な気配は、もうなかった。慌てて剣鉈を拾い上げ、山を駆け下りる。余りにも恐ろしい経験と無事であったことの安堵で、溢れ出る涙を止めることができなかった。

集落に到着すると、大きな騒ぎとなった。

弥彦さんはせいぜい三時間くらいの滞在だろうと思っていたのだが、実際は丸々一週間が経過していたのである。弥彦さんが姿を消してから今日まで猛吹雪だったらしく、山に入ったことは置いておくにしても、もう絶対に死んでしまったのだろうと集落の人々は落胆して、捜索を打ち切っていた。吹雪が止んだその日にせめて遺体を回収しに行こうと話し合っていたところに弥彦さん本人がひょっこりと顔を出したものだから、皆、仰天したのだった。

どうやって雪山で一週間、何も持たずに生き延びることができたのか。

弥彦さんは自身に起きたことを伝えたが、集落の人々は驚き呆れ、恐々とするばかりで、あのとき、自身に何が起きたのか納得できる解釈を与えてくれる人はいなかった。

とりあえず、山の神様にお目こぼしいただいたのだろうと、弥彦さんは胸を撫で下ろした。

しかし、話はこれで終わらなかった。


弥彦さんの身体に異変が表れたのは、集落に戻った翌日からだった。

日がな一日ぼうっと山を見つめることが増え、あんなに好きだった鉄砲もやめてしまった。そそっかしくてせっかちな性格だったのが、一挙手一投足が緩慢になっていった。

体質にも変化が出た。熱い食べ物が喉を通らず、冷めた飯や汁ばかり飲むようになった。それも次第に水だけの摂取に変わってしまったが、弥彦さんの身体には見たところ大した変化もなく、健康そのものの印象だった。

集落の人々は何だか人が変わってしまったようだと噂したが、為す術がなかった。


ちょうど一年後、山留めの日だった。

弥彦さんの母親が、早朝から悲痛な声で何事か訴えている姿を、多くの人が目にした。

母親曰く、朝起きたら寝床に弥彦さんの姿がなかったのだという。集落中を探し回ったが、やはり何処にもいない。ただ山に続く一本の足跡があった。息子はまた山に入ったのだ。

そう言われたところで、我こそが連れ戻しに行こうと手を挙げる者はいなかった。

皆が皆、前の年に山に入った結果、何が起きたかを厭というほど覚えていたのだ。

「幸い、向こうの山にも雲の気配がないし、去年と違って穏やかな日が暫くの間は続きそうだ。雪の上に足跡が残っているだろうから、明日それを追っかけて探そう」

しかし、結局それっきり弥彦さんが帰ってくることはなかった。

雪上の足跡は少しも惑うことなくまっすぐ山へと通じていたが、山の中腹のところで突然ブツンと掻き消えていた。周囲の雪を掘り返してみたが、もちろん、弥彦さんの姿はない。ただ妙なことに、見慣れないミズキの若木が一本、進路を塞ぐような形で生えていた。その山にミズキの木はない。こんな目立つ場所で、誰にも気付かれずここまで成長できるはずはないと、山に慣れた者達も気味悪がった。誰ともなく、ミズキは「弥彦さんの木」と呼ばれ始め、山入りのときの新たな目印となった。

そんな出来事から何十年も経った戦時中に、ミズキの木は薪炭の材料として伐採された。

刈り取った木の切断面からは赤い樹液が滴り落ちて、まるで流血でもしているかのようだった。樹液は痛々しいほど延々と溢れ続けたが、一週間後、突如として止まり、同時にミズキの切り株も驚くほどの速さで枯れてしまった。

腐った切り株を掘り起こしてみると、その下から随分と古い、人の頭蓋骨が出てきた。

「恐らく、あの頭蓋骨の持ち主が弥彦さんだったんだろう。きっと山の中で行き倒れたのを、運悪く発見されずにきてしまったんだ。でも俺の集落では、ミズキの木こそが弥彦さんの成れの果てだったんじゃないかって噂になったんだ」

古くから森林施業では、広葉樹薪炭材を効率よく再生産するため、伐根から萌芽が発生するような伐採方法を採る。伐採されてもひこばえが芽吹くことで、樹木は再び育っていく。しかしこのミズキの木に関しては、何故か萌芽が生えずに枯れ朽ちてしまったそうだ。

「そりゃあ元々は人間だからな。胴体を伐っちまったら、もう元通りにはならんだろう」

劔さんは遠い目をして、そう話を締め括った。

ヤマユリ

谷川さんの伯父、清一さんの体験談である。

清一さんの家は子だくさんで、六男五女の大家族だった。

どの子供も目に入れても痛くないほど可愛がっていたが、中でも格別に可愛がっていたのが、歳を取ってから生まれた六男坊だった。

清一さんが早くに亡くした母親に面影が似ていたことに加え、兄姉に存分に愛情を注がれたことで、人好きする素直な性格に育っていた。ヤンチャな盛りで、猫を追い回して行方不明になったり、綿帽子を捕まえようとして池に落ちたりと、兎に角目が離せない悪戯坊主であったのだが、それもまた可愛くて堪らなかった。

六男の誕生を機に、元々勤勉だった清一さんは、より一層、身を粉にして働くようになった。今まで育てていたソバに加え、キノコの栽培にも手を広げるなど多忙を極めていた。

ある日、杉林の中で原木栽培に使う予定のホダ木を転がしていると、遠くに白い獣が横たわっているような影が見えた。何事かと近寄ってみれば、どうやらヤマユリの群生である。

そろそろ冬が明けるこの時期に、ヤマユリなど生えているはずがない。

温暖な地域なだけに雪こそ少ないが、花期が夏の最盛期であるヤマユリが花を咲かせるのはおかしな話だ。しかし、近付いてよく見てみても、確かにしっかりと根を張っている。

このとき、何処か異様な雰囲気を感じ取った清一さんは、ヤマユリが見えなくなるようシャベルで土を掛けて埋めてしまったそうだ。

しかし、三日ほどした後、また同様の光景を杉林の中で見ることとなる。

今度は以前自生していた場所とは、別のところだった。前回と同様に、パッと見ただけでは白い獣が横たわっているように見える。まさかと思って近付いてみたところ、件のヤマユリだった。真っ白い花弁に散る薄い斑点、濃い緑色の葉は瑞々しく張り詰め、噎せ返るほどの芳香が今こそ最盛期であることを示していた。

ぞくりと、全身が粟立った。

あるはずのないものが、理屈の通らないものが、目の前で確かな存在感を誇示している。

その抗いようのない事実が恐ろしかった。

清一さんは何も見なかったことにして、そっと踵《きびす》を返した。

しかし三度それが目の前に現れたところで、いい加減、清一さんもうんざりしてしまった。

冬場なのに珍しく、数日ほど雨が降った直後だった。

直射日光が当たらぬよう、入念な組み込みをして干していたホダ木が、餌漁りに来たと思われる猪に崩されているのを発見したのだ。清一さんは怒りの矛先を、ヤマユリの群生へと向けた。

ただでさえ、食糧の少ない冬場である。

猪達も、本当はホダ木ではなくヤマユリの百合根を狙ったのではないだろうか。

そうだとしたら、こっちはただのとばっちりである。

こんなものが生えているから、猪が集まってきたのではないか。

よくよく考えれば、根が目当てならヤマユリが掘り返されていそうなものだが、全くその様子はなかった。しかし、当時の清一さんはそこまで考えを巡らせる余裕がなかった。

到底、そのままにしてはおけない。

カッとなった清一さんは、持っていた草刈り鎌をヤマユリの根元に当てた。

妙な感触だった。

確かに刈り取っているのはヤマユリのはずなのに、肉厚な葉もしなやかな茎も、まるで獣の皮膚や筋を断っているような気にさせられた。思わず声が出たが、構わず手を動かした。

両手を濡らす草の露も、やけに生温くべたつく。気色悪くはあったが、怒りに任せて最後は強引に引き千切るようにして、その場に生えていたヤマユリを根こそぎ取り除いた。

ホダ木を元通りに直し、その日の仕事は終わった。

猪どものせいで、本来の予定が狂ってしまった。忌々しい気持ちで、傍らのヤマユリの束を見遣る。刈られても尚、毒々しさすら覚える芳香が鼻腔を擽《くすぐ》る。

このまま杉林に残していったら、それこそ獣が荒らしに来るかもしれない。

仕方なく麻紐でぐるりと花を束ねると、帰りに小高い崖の上から放って捨ててしまった。

その足で家に戻ると、妻が青い顔で飛び出してきた。

恐慌状態の妻を落ち着かせ、何があったかと問えば、昼過ぎに遊びに出たまま六男が戻ってこないらしい。大人しく家の裏で地面を掘っていたと思えば、ふと目を離した隙に忽然と姿を消してしまったのだという。他の子供達は、既に捜索に向かっていた。

これには清一さんも大慌てで周辺を駆け回ったが、幾ら探し回っても、六男が通った痕跡すら見つからない。集落の人も加わり、大々的に捜索の範囲を広げたが、それでも六男を見つけることができなかった。

日がどんどんと傾き、そろそろ全ての影が夜闇へ沈む頃だった。

六男の名前を呼びながら山手側の道を急いでいると、憔悴《しょうすい》しきった清一さんの鼻腔を湿った泥の匂いが突いた。普段なら気に留めないことなのに、そのときはまるで吸い寄せられるようにして、道を逸れてしまった。草を掻き分け、匂いの出所を探る。

匂いの正体はすぐに分かった。

崖の側面が崩れ、真新しい土の壁が露わになっていたのだ。

前々から、頻繁に表層が剥離しているところだった。今回も先日の雨で雪が融解したと同時に、弱い部分が剥がれ落ちてしまったのだろう。広範囲に泥が堆積している。

湿った泥に混じって、甘い花の香りがした。

ふと視線を外すと、一際大きな土塊の上に白い狐が一匹、身体を丸めているように見えた。

ふらふらと足が勝手に動いていく。近付くにつれ、その正体が分かった。

百合の花束だった。

夜闇に白く浮かぶそれは、確かに清一さんが帰り道に放って捨てたものに違いない。刈り取って数時間は経つというのに、芳香は一層強まっているようだった。

ヤマユリの束に埋もれるようにして、見慣れない花が一つ、天を突くように咲いていた。

土饅頭から突き出したその花は、青白く儚《はかな》げで、また別種の百合の花のように思えた。

齧《かじ》り付くようにヤマユリの花束を放り、泥を掻き、突き出たそれを掴む。差し込んだ月明かりが特徴的な手首の痣《あざ》を照らし出したとき、清一さんは全てを理解して噎び泣いた。

掘り出された六男の掌には、何故かこの季節にいるはずがないナミアゲハの後ろ翅《はね》が一枚、大事そうに握り込まれていたそうだ。

引っ越し

ホームタウン

今から二十年ほど前、根津さんが小学生だった頃の話だ。

その年、実家の引っ越しが決まった。

当時住んでいたのは2DKのマンション、両親と姉の四人家族には手狭だった。

新居は築浅二階建ての一軒家、姉にも自分にも、それぞれ部屋がある。

内見時、家の前に一本の大きな木があったのが印象的で、木の種類は分からないが、引っ越したらそれに登ろうと根津さんは企んでいた。


引っ越しも翌々週に差し迫った日曜日、家族でドライブがてら新しく揃える家具や家電などを見に行った帰り道に、たまたま新居の近くを通りがかった。

すると「少し寄り道して新しいお家を見て、ついでに近隣のお店も探して夕飯食べて帰ろうか」という話になった。

内見はいつも昼間だったから、夜の雰囲気も一応見ておきたかったらしい。

まだ見慣れない街並みを走っていくと、やがて一本の大きな木が見えてきた——新居の前にそびえる、いずれ自分が征服するあの大きな木だ。

しかし、車は家に近付くことなく、そこで停車してしまった。

運転席の父はハンドルを握ったまま微動だにせず、じっと目の前の新居のほうを見つめている。

「お父さん、どうしたの？　もうすぐそこよ」

助手席の母が話しかけるも、父は全く動かない。

アイドリングの振動音だけが響く車内、異様な時間が数分続いた。

ふと見ると、隣に座っていた姉もじっと新居のほうを見つめて苦悶の表情を浮かべている。

自分も新居を見遣るが、特に何も変化はない。

二階建ての家と大きな木が、車のヘッドライトにうっすら照らされている――。

「ここは駄目だ」

「お父さんここ駄目だよ」

父と姉が矢継ぎ早にそう言うと、車はバックで来た道を戻ってそのまま家に帰った。

家に着くまで二人はずっと泣き続け、母も自分も意味が分からず、困惑と恐怖が車内に満ちていた――。

帰宅後、少し落ち着いた二人は何があったのかを教えてくれた。

「家の前の木にもたれるように、女が座っていた」

ただ、それだけだった。

だが、その女を見ていたら言い様のない恐怖と悲しみで、身動きができなくなってしまったそうだ。

母と自分には何も見えなかったし、何も感じなかった。

その後、引っ越しは取りやめになった。

父と姉の猛反対で、母も自分も従わざるを得なかった。

何よりも——根津さんが、泣いている父を見たのは、あの日が初めてだったからだ。

大銀杏

ホームタウン

今から四十年ほど前、岡田さんは某県にある全寮制の高校に入学した。

入学初日の始業式が終わると、参列していた母親が険しい表情でこう言った。

「この学校の裏の山に大きな銀杏《いちょう》の木があるんだけど、そこには絶対に近寄っちゃ駄目よ」

中学では荒れた生活をしていて、オープンキャンパスなどの行事には一切参加せず、試験も地元近くの出張会場で受けていたので、岡田さんも母親もこの高校に来たのはその日が初めてだった。

入学まで学校案内のパンフレットを見たのみ。

ましてやそのパンフレットに、裏山や銀杏の木のことなど載っているはずもない。

岡田さんは、母親の話を特に気に留めることなく生返事で聞き流した。

半年が経ち寮生活にも慣れたある日の放課後、クラスメイトの谷君に、

「学校の裏側に山あるの知ってる?」

と訊かれた。

何でも前日の放課後、学校の周りを探検していたら裏山に入り込んだらしい。

「少し登ってみたらちょっと開けた場所に出たんだけど、そこにでっかい木があって──」

その木が──兎に角でかいらしい。

「今から見に行ってみない？」


校舎裏を抜けて林を暫く歩くと徐々に勾配のある山道になっていった。

谷君は足取り軽くどんどん先に進んでいく。

やがて開けた場所に出ると強烈な匂いが鼻を衝く。

見ると落ち葉に埋め尽くされた広場の真ん中に、大きな銀杏の木が鎮座していた。

「な、でかいだろ！」

銀杏に小走りで近付いていく谷君とは対照的に、岡田さんは一歩も動けずにいた。

気持ちが悪いのだ。

この広場──あの銀杏の木を見てから、鳥肌が止まらない。

「谷君、帰ろ！」

「折角来たんだし登ってこうよ」

そう言うと谷君は、銀杏の木に登り始めた。

風が吹いて枝が揺れ落ち葉が舞う、それとともに何かが蠢《うごめ》いてる気配がする。

「谷君！　もう帰ろ！」

あっという間に大ぶりの枝まで登った谷君は、そこに腰かけてこっちを見てゲラゲラ笑っている。

岡田さんは耐えきれず、谷君を置いて寮に逃げ帰った。

谷君は夜になっても帰ってこなかった。

寮長に顛末を伝えると山に捜索隊が出て、件の広場で倒れている谷君が発見され、骨折と錯乱状態で病院に運ばれると、そのまま学校には一度も戻ることなく翌年退学した。

事情聴取の際に聞いた話では谷君が見つかったとき、銀杏の木の枝には、蛇が狐の首を絞めながらぶら下がっていたそうだ。

落ち着いた頃、母親の忠告を思い出した岡田さんは、何であんなことを言ったのか訊いてみた。

「始業式の前の晩に変な夢を見たのよ――」

しかし、母親はあの日と同じく険しい表情を浮かべると、それ以上何を訊いても、夢の内容は一切教えてくれなかった。

赤地蔵

ホームタウン

梨花さんの母方の祖母は、周囲を自然に囲まれた長閑な田舎で一人暮らしをしていた。

嘗ては信心深い土地柄だったようで、道や田畑の至る所に道祖神、地蔵、石碑などが祀られており、大病の後、健康のため散歩を日課にしていた祖母は、そんな家の近所をよく歩いていた。


高校生だった梨花さんがある放課後、祖母の家を訪れたときのこと。

ちょうど散歩へ出かける所だった祖母と玄関で鉢合わせ、一緒に付き合うことになった。

子供の頃良く近所で遊んでいたこともあって土地勘はある場所なのだが、その日歩いた道は見覚えのない知らない道だった。

家の裏の細い道を進んで右に曲がり、更に進んだ先にある細い道をまた右に曲がると、左手に大きな木の洞《うろ》があった。

樹齢何年になるのだろうか——道端で異様な存在感を放つ古い巨木の中には、年季の入った御札や千羽鶴など、兎角意味ありげな紙類が隙間なくびっしり詰め込まれている。

そして、中央にはまるで無理やり押し込んだように、一体のお地蔵さんが立っていた。

それは何故か、顔と足首から下が真っ赤に塗られていて、余りにも禍々しい見た目に気味悪く思った梨花さんは、祖母にこれは何かと訊ねた。

「これは赤地蔵と言って、女の子は絶対に手を合わせちゃいけないお地蔵様なの」

「何で手を合わせちゃいけないの？」

「手を合わせた女の子は絶対幸せになれないの。嫉妬深いお地蔵様だからね――」

そう言って祖母は歩き出した。

それ以上は何となく訊いちゃいけない気がして、梨花さんもその場を後にした。


それから数年経ったある日、ふと思い出して改めて祖母に訊いてみると、近所にそんなお地蔵さんはないと言う。

「えー、赤地蔵だって言ってたじゃん。頭と足が赤くて――でっかい木の洞の中にさ」

その会話を隣で聞いていた叔父が、「それって朱仏のことじゃないか？」と会話に入ってきた。

祖母も「朱仏ならあるわよ」と頷いているのでスマホの地図アプリで調べてみると、確かにその名前の石像はあったが、見た目が全く違う上に木の洞に囲われてもおらず、何より――とても祖母の家から歩いていける距離でない場所だった。

ましてや「手を合わせた女の子は絶対幸せになれない」などと言う謂《い》われは、何処を調べても出てこなかった。

最近のこと。

亡くなった祖母の三回忌の法要帰りに、あのとき散歩した道に偶然出くわした。

記憶を頼りに細い道を進んで右に曲がり、更に進んだ先にある細い道をまた右に曲がると
──あの日大きな木の洞があった場所には塀が建ち並んでいた。

巨木が立っていた形跡など微塵もなく、何故かそこには──道に背を向けて塀を見つめるようにうに立つ、古いお地蔵さんが一体あったそうだ。

形見

渡部正和

「兎に角、嫌だったんで……」

当時のことを思い出しただけで、どうにも腹に据えかねたらしく、あの家も両親も、と大橋さんは吐き捨てるように呟いた。

実際、他から見ればごく普通の幸せな一般家庭にしか見えないが、実際はまるで違う、といったことは多々ある。

彼が耐えられなかった家庭環境は割愛するが、かなり奇異な状況だったことだけは確かである。

「後先考えてなかったんで、あの頃は……」

高校を卒業するや否や、僅かばかりの貯金を握りしめて、彼は実家を飛び出して東京へと向かった。

苦労の連続ではあったがいろいろなことを経験しながら職を転々としつつ、おおよそ五年を経過した辺りで、大橋さんはとある建築会社に入社することになった。

この選択が彼の人生における大きな転機となる。

以後、彼はその会社で着々と地位を築いていき、たった数年で管理職へと昇進したのである。

「その頃だったかな。大橋が死んだのは……」

彼の言う「大橋」とは自分の父親のことである。肉親に対してそういった呼称はどうかと思うが、それだけ彼らの間を分け隔てる溝は深い、ということであろう。

なお、彼の母親に対する呼び方は「大橋の奥さん」であるが、非常に紛らわしいため以後は「父親」「母親」と称す。

父親の死を友人経由で知ったとき、流石の大橋さんも心が揺れ動いた。

「ええ、正直に言えば、そうですね。ほんの一瞬だけ実家に帰ろうかな、なんて考えたり。でも今更、帰れる訳ないですよ」

今まで連絡先も告げずに実家と疎遠になっていた自分が、どの面下げて帰れるというのか。

そんなことをふと考えた途端、相反する感情が沸々と湧いてくる。死んだからって悲しんでもらえるとでも思っているのかあの野郎、などといった怨嗟《えんさ》の感情で埋め尽くされてしまい、ほんの一瞬でも帰ろうとした自分が恥ずかしくなってしまった。

「その頃ですかね。家内に子供ができたのは」

娘が生まれたことでより一層責任感が増したのか、大橋さんは今まで以上に我武者羅《がむしゃら》に働いた。

必然的に会社にいる時間が多くなったが、だからと言って決して家庭のことをないがしろにはしなかった。

むしろ積極的に家事を行い、守るべきものを必死で慈しむ日々が続いていた。

そうこうしているうちに、手狭になったアパートを引き払い、建て売りながらも親子三人で暮らすには十分な住まいも手に入れ、順風満帆な人生を歩み始めていた。


ある夏の暑い盛り。久しぶりの連休を満喫していた日曜日であった。

塚田と名乗る初老の男が、彼の自宅を突然訊ねてきた。

小ぶりながらも重そうな、何かの鉢植えらしきものを両手で抱えて。

父親の知人というその男は、大橋さんの顔を見るなりニカッと破顔してこう言った。

「こいづなァ、忠一サァの形見だァ」

手渡された鉢植えを無意識に受け取ると、大橋さんは目の前に佇む人物の顔を凝視しながら小首を傾げていたが、突然ハッと気が付いた。

目の前に佇む人物の顔に、どことなく覚えがあるような気がする。

そして苗字の塚田にも覚えがある。実家にいた頃そんな人が頻繁に家に来ていた記憶がうっすらと残っていた。

しかし、だからと言ってこんなものを受け取る謂われもない。

本当にせよ嘘にせよ、父親の形見などといった重いものを受け取る曰くは自分にはない、と考えたからである。

大橋さんは無意識で受け取ってしまったものを一生懸命返そうとするが、塚田と名乗る人物は一切受け取ろうとしない。

「こいづなァ、忠一サァの形見だァ」

もう一度同じ言葉を口にすると、その場からまるで逃げるかのように去ってしまった。


「一体、どうしたの？」

玄関から妻が訊ねるが、大橋さん自身が訊きたいくらいであった。

取り急ぎこの重い物体を居間まで運んではみたものの、全く以て訳が分からない。

彼はテーブルの上に置いた鉢植えを、じっくりと眺めてみた。

陶器製と一目で分かる焦げ茶色の深い鉢に、青々とした葉が四、五十センチほど繁っている。

まるでクリスマスに使う樅《もみ》の木のミニチュアサイズ版であった。

「うーん」

この植物を目の前にして、彼は思わず唸った。

生まれてこの方、植物なんてものを育てたことが一度もない。

恐らく、このまま家に置いておいても枯らしてしまうに違いないであろう。

大橋さんの妻も全く興味がないらしく、青々と繁っているものに一瞥《いちべつ》をくれただけで、寝室で寝ている娘の様子を見に行ってしまった。

今であればネットオークション等で簡単に売却することもできるが、インターネットなど普及していない時代である。

育て方もネットで検索すればすぐ分かるが、当時はなかなか難しい。

結局、そこそこ日当たりのいいと思われる、玄関の靴箱の上に置くことにした。

「ねえ、水遣りはどうするの？」

妻に訊かれたが、それすらも全く分からない。

「気が付いたら、でいいよ。そんなもん」

まあ、別に枯れたら枯れたで仕方がない。

いきなり形見と言われても、あの人物に対して何の思い入れもない。

結果として大した世話もしないまま、靴箱の上に放置することとなったのである。

「ねえ、コレ。何か大きくなってない？」

妻にそう言われて、改めて鉢植えを眺めてみた。

確かに、貰った当初より二回りほど背が高くなっており、葉の繁りも立派になっている。

「ホントだ、凄いね。君の世話の仕方が良かったんじゃないの？」

だが、妻はきょとんとした表情をしている。

「えっ？　あなたが水遣りをしてるんじゃないの？　私、何もしていないわよ」

「ええっ？　オレ、何もしてないよ」

大橋さんは改めて鉢植えに視線を向けながら、こう言った。

「もしかして、最近は凄いのが出てるんじゃないの？　ほら、土に差し込むだけで数カ月活かす、栄養剤が入ったアンプルみたいなものが……わっ！」

アンプルらしきものを探そうと鉢に敷かれた土の上に視線を遣ると、夥《おびただ》しい数の虫の死骸が散乱しているではないか。

小蠅や蚊らしきものの死骸のみならず、この家ではまだ見かけていないゴキブリのひっくり返った姿まではっきりと確認することができた。

「死んだ虫が肥料になっているのかしら」

妻の問いに、大橋さんはこくりと頷いた。

納得したらしき妻がその場から去ると、彼は不審そうな眼差しを鉢植えに向けた。

何かが、おかしい。

虫の死骸は有機物なので肥料になるのかもしれない。

しかし、それとは別に水は必要な訳で、それがないのにどうやって育つと言うのか。

自分達夫婦はもちろん、生後数カ月の娘に植物の世話はできない。

一体全体、どういうことであろうか。

無理やり押し付けられたものとはいえ、その存在にどことなく薄気味悪さを感じ始めていた頃。

唐突に、妻がおかしなことを言い始めた。

「ねえ、不思議なんだけど。誰かもう一人、この家に住んでいるような気がしてならないの」

そう呟きながら、家の中を歩き回って、物陰などを盛んに確認するようになったのである。

しかも、今まで聞いたこともなかった妙な音の咳をしながら。

その音はやけに金属的で、聞いた途端思わず耳を塞ぎたくなるほど嫌になってしまう。それが十数秒間続いたかと思うと、まるで何事もなかったかのように、咳が止む。そんなことを日に何度も繰り返していた。

「勘違いなんかじゃない。本当に視線を感じるのよ」

自分の考えが妻に伝わったのであろうか。語気を強めながら、彼女は言う。

だが、そう言われても、自分には何も感じられないので何とも言いようがない。

気のせいだよ、と何の救いにもならない言葉を投げかけることしかできない自分が無性に腹立たしかった。

彼女の話を纏めると、おおよそ以下の通りになる。

ふと何げないとき、いきなり何者かの視線を感じる。

その方向に慌てて視線を遣ると、ほんの一瞬だけ知らない女性の顔の断片が見える。

艶のない長い髪と、大きな瘡蓋《かさぶた》が二つ三つできている、痩せこけた頬の一部分が見えたかと思うと、ほんの一瞬で消えてしまう。


「これ、コニファーっていうらしいわよ」

ある日、大橋さんは妻にそう教えられた。

コニファーとは針葉樹のことで、葉の色が美しい観葉植物である。

大橋さんとしては、花も咲かないでひたすら青々としたものを鑑賞して何が面白いのかさっぱり分からない。

しかも、コイツが家に来てから明らかにおかしなことが増えている。

妻の異様な咳は頻度が増しており、病院で診てもらっても一向に良くならない。

ひょっとしてコニファーとやらを廃棄してしまえば問題は解決するのであろうか。

そう考えたことは一度や二度ではない。

この鉢植えには何の未練もなかったので、いつでも捨てることができる、と高を括っていた。

しかし、理由は分からないが、実際に実行したことは一度もなかったのである。

夏の暑い盛りが過ぎて、漸く涼しくなってきた頃、信じられない出来事が発生した。

彼の娘が突然、亡くなったのである。

その日の朝、何の前触れもなしに、ベビーベッドの中で冷たくなっていた。

乳幼児突然死症候群という病気らしく、原因は不明であると医者に説明されたが、到底納得できるものではない。

彼自身はもちろん、彼の奥さんの憔悴はより一層激しいものであった。

掛ける言葉が見つからなかったが、近いうちにカウンセリングに二人で行こう、と相談してからさほど日を置かないある朝のこと。

今度は奥さんが、寝床の中で冷たくなっていたのである。


一気に絶望の淵に叩き落とされてしまい、暫くの間大橋さんは自宅に閉じこもった。

「いつになってもいいから、会社には来てくれ」と社長に言ってもらえたことは有り難かったが、何より今は仕事なぞできる状況ではない。だからと言って自宅にいても何をする気にもならない。只々、遣り場のない怒りだけが増幅していく。

その結果、彼は暴れまわった。金属バットを手に持って、家中にある、ありとあらゆるモノに当たり散らしたのだ。

どうしてこんなに苦しまなければならないのか。

所かまわずモノを壊しまわって疲れ果ててしまい、床に座り込みながら肩で息をしていると、何処からともなく視線らしきものを感じた。

慌てて目を向けると、視界の端っこが確かに奴を捉えた。

艶のない長い髪と、大きな瘡蓋が幾つかできている、痩せこけた頬。

間違いない。生前、彼の奥さんが日常的に見ていたものと、全く同じモノに違いない。

大橋さんは大声を上げながら、頻繁に視界の隅に現れる女の顔らしきものを追いかける。

自分が叩き割った蛍光灯の破片で足の裏が血塗れになっても、一切構わずに。

そして玄関先まで来たところで、彼の動きが止まった。

目の前には散々に破壊された傘立てやガラスの破片が散乱している。にも拘わらず、あのコニファーが植えられている鉢には傷一つ付いていないのだ。

更に樹木自体もより一層大きくなったようで、小ぢんまりとした鉢では収納しきれないほど、立派に育っていた。

この瞬間、大橋さんは心の奥底から恐怖を感じた。

周りの状況から鑑みて、鉢植えだけが無事なんてことは到底考えられない。

やっぱり、何らかの力が作用しているのかもしれない。

そんなことを考えた瞬間、頭上の辺りに気配を感じた。

瞬時に視線を向けると、例の女らしき顔が天井一面に広がっている。

艶のない長い髪は顔面を覆い尽くすほど乱れており、垣間見える病的に痩せた肌には大小の瘡蓋が無数に隆起している。

「うふふふふっ」

その容貌からは想像できないほど美しい笑み声が聞こえてきた途端、彼はその場でへなへなと膝から崩れ落ちると、まるで吠えるかのように号泣したのである。

やはり、あの鉢植えのせいなのではないだろうか。

あんなものを押し付けられたおかげで、不気味な女が家の中に出没し、結果として妻と子を失ってしまったとしか考えられない。

大橋さんは、とうとう決心した。

家を飛び出したあの日から二度と行くことはないと思っていたが、十数年振りに実家へと向かった。

あの得体の知れない鉢植えは、一体誰の差し金なのか確認しないことには気が済まない。

彼としては、母親が一枚噛んでいるのではないかと睨んではいる。場合によって何らかの実力行使でもしないと気が収まらないであろう。

母親に突きつけるべく撮ったコニファーの写真を持っていくことにした。

実家までの行き方を覚えている自分に腹が立って仕方がない。

自宅で一人暮らしをしている母親の姿は、あの日の面影を少々残してはいたが、想像以上に老け込んでいた。

そして、彼の姿を目の当たりにして、皺だらけになった母親は顔面をぐしゃぐしゃにしながら涙を流して喜んでいる。

ところが、そんな母親に対して、大橋さんは語気を強めながら言った。

「この鉢植えよ、何で俺に寄こしたの？　しかも形見って何だよ」

母親は一旦涙を拭くと、力のない声でこう絞り出した。

「ん、何だそれ？　鉢植え？　形見？　何言ってんだ、おめェ。そつけなことァ、オラぁ知らねえ。死んだ父ちゃんも鉢植えなんてしてながっただし」

「でも、塚田さんって知り合いだべ。何で俺の家のこと知ってんだっ？」

「お前ェ、塚田って、あの塚田さんが？　馬鹿なごと言うなぞォ。塚田さんが亡くなってからもう十五年は経ってっぞォ。ちょうど、お前ェが出でっだ頃に」

大橋さんは意味が分からず、暫くの間呆けたかのようになって母親の話を聞いていた。

「そんで、塚田さんの奥さんもあっという間に呆けちゃって。その世話が大変だったのがなァ、あのめんくせ（醜い）娘もなァ、何処さ行ってしまったのやら……」

大橋さんの母親の話が暫く続いたが、その頃には既に、彼の頭の中には入ってこなくなった。

一体、どういうことなのか。自宅に来た塚田さんは、幽霊だとでもいうのか。しかも娘って、全く記憶に残っていない。

頭が混乱してしまい、妙に熱っぽく感じられる。

「大体、お前ェ、連絡先なんて一ッつも教えてくんねェがら……お前ェの住んでいる場所なんて、オラぁも知らねえのに塚田さんが分かるはずねえべよォ」

頭の熱は頭痛へと変貌を遂げ、もう何をする気にもなれない。

大橋さんは無言で実家を出ると、急いで自宅へと戻っていった。


十八歳で実家を飛び出して上京し、三十歳で手に入れた幸せは、ほんの数年で崩壊してしまった。

五十歳を過ぎた大橋さんは今でも、愛する二人を亡くした一戸建て住宅に独りで暮らしている。

嘗ては小綺麗な外観をした戸建て住宅は、今では蔦植物や苔類に侵食されて廃墟然としており、しかもゴミの類が散乱していて、足の踏み場もないらしい。

また、世話なぞ一切していないにも拘わらず、例のコニファーは元気一杯で、当初よりもかなり大きくなっている。

例の女の気配は今でも感じるが、もはや視線を遣ることすらしなくなって久しい。

兎にも角にも妻子を失って以来、ほぼ自宅と会社を行き来するだけの毎日を彼は送っている。

ふと何げないとき、今までの人生を振り返ることが多々ある。

「オレ、何が間違っていたのかなァ」

いつもこんなことばかり考えていると、大橋さんはぼそりと言った。

緑の光

神沼三平太

「そういや、大規模な山火事のニュースってアメリカとかから入ってくるだろ。ほら、カリフォルニアとか。俺、あれの原因を見たことがあるんだ」

知り合いの藤野さんは山歩きが趣味で、春から秋に掛けて方々の山に登っている。月に一度は遠出もする。

還暦をとっくの昔に超えているが、年齢より十歳近く若く見える。

「まぁ、あんな規模の山火事は日本じゃ起きていないけど、報道されないだけで、小さな山火事はどうやらしょっちゅう起きてるらしいんだよ」

彼にそう言われて、その場で調べる。

林野庁によれば、平成三十年から令和四年の間だけで、年間千三百件の山火事が起きているらしい。毎日平均四件の山火事が起きている計算になる。

日本の国土の七割が山林だが、そう考えると少ないようにも思える。

藤野さんにそう告げると、「確かに少ないよな。その理由も、俺には分かるんだわ」と、納得したような声を上げげた。

もう十年ほど前になるだろうか。藤野さんが当時借りていた別荘で夏休みを過ごしていたときのことだ。

当時の彼は夕方から明け方に掛けて、しばしばナイトハイクに出かけていた。別荘から近隣の林道に入り、そこからハイキングコースを辿って帰ってくるというコースだ。昼間と違って気温も低く、光に虫が寄ってくる以外は快適だという。

ある夜、いつも通りヘッドライトを点けてハイキングコースを歩いていると、前方にオレンジ色の光源がちらちらしているのに気付いた。時刻は深夜一時を回っている。

自分と同じナイトハイカーだろうか。

だが、その光源が明らかに人工的な光ではない。最初に藤野さんが連想したのは、キャンプファイアの光だ。だが、近隣にキャンプ場があるとは聞いていない。

そうなると複数人が松明を持っているのだろうか。

一体何のために——？

放火の可能性も考えたが、それよりは人間が炎を使って何か作業か儀式をしているという印象だった。数日前にざっと雨も降っているし、山火事ではないだろう。

焚き火の不始末や煙草の火によるものが山火事の主な原因らしいが、どうもそういうものとは違う。

管理された炎。かがり火か、松明か——だが不審なことこの上ない。

これは地元の祭りの関係かもしれない。そう思い至って、最もあり得そうな可能性だなと腑に落ちた。

それなら見学させてもらえるだろうか。

藤野さんは、光源に向かって歩を進めていった。

煙が上がって夜空を焦がしているのまでは分かったが、何かが焼けている臭いが伝わってこないのは不思議だった。

すぐ先には、直径十五メートルほどの広場があり、炎はそこで上がっているようだ。

見晴らしも悪くない場所なので、山の下からもこの炎は視認できるということだ。

やはり地元の祭りの一環なのだろう。

だが、そんな祭りの存在も聞いたことはないし、この深夜に行われているということは、地元の隠された行事に違いない。

年甲斐もなく胸が鳴った。

咎められる可能性もあるかとヘッドライトを消す。

藤野さんは息を殺してゆっくり近付いていく。

彼の見た広場にたむろするオレンジ色の明かりは、燃え盛る人の形をしていた。

数えると五体の炎人間がうろうろしている。

「俺は最初、焼身自殺だと思ったんだよ。でもそうじゃない。普通に歩き回っているし、何なら会話みたいなこともしてるんだ。人間の形をした炎っていうのが一番正しいかな」

怖くて逃げ出せなかった。

それから十分ほど経っただろうか。炎人間達は、列を作って山を下り始めた。

木の陰に隠れた藤野さんの横を、次々と人間松明達が通り過ぎていく。

——ああ、これは山火事になるな。

直感した。

携帯電話の電波は届いている。いざとなったら消防にすぐに連絡できることを確認して、藤野さんは炎人間達の後ろをつけ始めた。

ハイキング道を辿っていくのかと考えていたが、炎人間達はまっすぐ山を下りていく。

藤野さんは、すぐにでも木々が炎に包まれるのではないかとヒヤヒヤしたが、どうもそうではないようだ。

森の中を転ばないように滑落しないようにと、注意しながら追いかけていく。

すると、奇妙なものに気付いた。

「頭の上のほうから、黄色というか緑色——蛍光ペンのグリーンをもうちょっと黄色寄りにした光が降ってくるんだ。それが降ってくると、炎人間の炎が段々小さく、細くなっていくんだ」

この山の木々は、戦後に植林された杉林だ。そこまで古いものではない。だが、その光景は神秘的なものだった。

雨ではない。花粉とも違う。蛍のような昆虫かと手を伸ばしてみたりもしたが、掴み取ることができない。

炎人間達は細くなりながらも隊列を崩さずに進んでいく。

それを藤野さんも必死に追いかけていく。

どれほど進んだだろうか。腕時計で確認すると、午前三時を回っている。もうすぐ夜が明ける。

丸く開けた場所に出た。炎人間達が歩みを止めた。

森の中は暗いが空を見上げると、うっすらと明るくなってきている。

木が焼けるパチパチという音が、炎人間達の足下から立ち上がった。

白い煙が空に向かって上っていく。

山火事だ。藤野さんは地図アプリを立ち上げ、現在地点を確認しようとした。だが、山の中、しかも林道から外れているとなると、消防にどう伝えていいか分からない。

ここまでだ。逃げよう。山火事になっても一人では対処できるはずがない。まずは身の安全だ。

藤村さんはそう考えて踵を返した。ここからなら下ってきたルートを戻っていけば帰れるはずだ。

数分移動して煙の方向を確認する。

空はもう大分明るくなっている。

まだ炎にはなっていないが、煙が細く上がっているのは分かる。

また少し歩いて振り返る。

——凄い。

藤村さんは息を呑んだ。

先ほどまで煙が立ち上っていた場所から、蛍光緑の光が溢れている。

きっともう大丈夫だ。

それから暫く山中を移動し、彼が別荘に帰り着けたのは大分日が高くなってからだった。

「だから俺は、日本の山は山火事が起き辛いんだと考えてるんだよ。どの森の中にも木の神様みたいなものがいてさ、きっとそれが護ってるんだろう」

藤野さんはそう信じているという。

休憩中

神沼三平太

昔聞いた話である。

竹中さんの子供の頃には、神社が近くにあって、いつも境内で遊んでいた。

ただ、歳を取るとあまり神社に足を運ぶ機会もなくなった。

年に一度、お正月に初詣に行くくらいだ。それも最近は滞りがちになっている。寒いのが苦手だからだ。

去年など、初めて神社の境内に踏み入れたのは七月に入ってからだった。如何なものかと自分でも思ったが、特に信心している訳でもないので、こんなものだろうと考えていた。


真夏のある日、仕事で外回りをすることになった。本来なら自分の担当ではないのだが、人手が足らないので、臨時で営業のようなこともさせられている。

正直自分に合っているとは思えない。

住宅街を回っていると、休める場所など殆どない。あって児童公園のベンチくらいだ。

駅前まで戻れば、喫茶店やファストフードもあるのだが、わざわざそこまで足を運ぶのも億劫《おっくう》だった。

無論休むだけなら公園でも良かったのだが、防犯のためか低木が多く、真夏の日差しはまるで遮られない。

気温も高い。どうしても日陰が欲しかった。

──神社があるか。

ふと視線を上げると、緑の濃い一角があった。竹中さんは誘われるようにそちらに足を向けた。

石造りの鳥居の中はがらんとしていた。夏休みであろう時季だが、子供の騒ぐ姿もない。そもそも子供の数が減っているのだろう。営業でぐるりと回ったが、老人ばかりだ。

嘗てはニュータウンと呼ばれていただろうに。

茹だるような日差しも樹の陰に遮られ、境内は涼しいくらいだ。

息を整えることができた。

神社の境内の大きな木の下にあるベンチに座り込み、買ってきた缶コーヒーを飲む。よく冷えていて、いつもは甘すぎる缶コーヒーも美味く感じた。

──一服していくか。

煙草を取り出して口に咥《くわ》えた。

ライターで火を点ける。百円ライターのスイッチが重くなったのが気に入らないので、ターボ式のライターをポケットに入れている。

電子式の煙草も試したが、自分にはしっくりこなかった。

喫煙所ではないが、誰も見ていないし、一服するくらい良いだろう。

それにしても面倒臭い世の中になったものだ――。

まだこれから何軒も回らなくてはならないのだ。

それを思うと嫌で仕方がない。この暑さの中で働くこと自体が間違っている。

ため息とともに、大量の煙を口から吐き出した。

「ここは禁煙ですよ」

不意に声を掛けられた。

イラっとしたが、こんなことは日常茶飯事だ。竹中さんは、煙草の火を携帯灰皿で揉み消した。

「すみませんね」

そう口にして、一体誰が自分に注意をしたのかと、周囲を見渡した。

誰もいない。

小さい神社で、宮司もいない。

社務所もシャッターが閉まっている。

近所の人間かと思ったが、それもない。

社の外から聞こえた声ではない。すぐ耳元からの声だ。

背筋がぞくりとした。
「缶も持ち帰ってください」
ベンチから狼狽《うろた》えて立ち上がった竹中さんはコーヒーの缶を掴み上げた。
目に見えない何者かが自分の側にいる。
もしかしたら、神様なのか？　まさか。いや、そんなことも起こり得るのか？
「――それとも一緒にいてくれますか」
混乱した。
一体声が何を求めているのかよく分からない。
目の前の樹は、大人二人で抱えても指が届かないほどに太い。
竹中さんは何かに呼ばれたようにその幹を見上げた。
注連縄《しめなわ》が掛けられている。御神木なのだろう。
その幹から張り出した太い枝からぶら下がっているものを見て絶句した。
――こいつが話していたんだ。
腑に落ちるとともに、全身から血の気が引いた。
爪先が視界に入らないほどの高さにぶら下がった首吊り死体。
もう声は掛けられなかった。
竹中さんは慌てて警察と会社に連絡を入れた。

「あいつ、御神木で首を吊ったから、きっとあんなふうに喋れるようになったんだ。御神木に身を捧げたってことだから、眷属《けんぞく》になったってことだろ。俺が通報しないほうが良かったんじゃないいか？」

聖域を守るなら、そのほうが良かったんじゃないか？

竹中さんは警察の聞き取りに時間を取られ、更にその後で別の神社に足を運んでお祓いしてもらったらしい。

会社に戻ってきた彼は、暫くぐったりしていた。

そして数日の間、そんな奇妙なことをぶつぶつと呟き続けていた。

柳

神沼三平太

馴染みの客の柘植さんからの紹介で占い師の瑠璃さんの元に相談に来た、吉池さんという女性の話だという。

相談内容は、以前、何処かの拝み屋さんのお婆さんから全く信じられないことを言われたのだが、その言い分も気色悪いし、もし本当に言われた通りだったらどうすれば良いだろうか、というものだった。

一体どのようなことを言われたのかと訊ねると、彼女はその老婆の口調を真似するようにして続けた。

「あんたのお嬢さんが縁遠いんはね！　父親の実家の近くに川があるやろ。そこにな、ごっつい柳があるやろ、その柳がなぁ、お嬢さんに取り憑いとるからや！」

そう言われたのだという。

「もしこれが本当のことでしたら、それは何とかしないといけませんね」

そう告げると、彼女は頷いた。

どうもその話を聞いた吉池さんの夫は、そんな馬鹿なことがあってたまるか、こんな内容が信じられる訳ないだろうと、相当腹を立てているという。

だが、吉池さん夫婦には今年で三十六歳になる娘さんがおり、なかなか良縁がないのも事実だという。そこには何か祟りやら何やらがあるのではないかと、吉池さん自身も不安で仕方がないのだと打ち明けてくれた。

瑠璃さんは、まずは霊視を試みることにした。

確かに、もっさりと緑濃く、豊かな柳の枝が見えてくる。

耳にも、ざわざわ、ざわざわ、ざわざわ、と、心寂しくなるような葉音が、染みるように聞こえてくる。

だが、よく聞くと、ざわざわ、ざわざわ、に混じって何か、もごもごと口の中で呟いているような気色の悪い音も聞こえてきた。

言葉なのか雑音なのか明確ではなかったが、少し経つうちにそれが言葉として立ち上がってきた。

〈とってや……はよう……とってや……〉

苦しげな、喉に何か詰まったような声だった。

〈とってくれ……とってくれな……〉

〈たたっちゃる……！〉

最後の〈たたっちゃる！〉は、特にはっきりと聞こえた。

もし、これが柳の精の声であるとするならば、どうして〈たたっちゃる……！〉なのか調査をする必要がある。

瑠璃さんは、吉池さんにその点を質した。

「あの、失礼ですが。以前、柳に何か酷いこととか――」

吉池さんは、即座に否定した。

「知りまへん！　そないなこと、絶対にしまへんよ！」

「はい、吉池さんご自身はなさってないと思います。しかしですね、その拝み屋のお婆さんは〈父親の実家〉とおっしゃった――と」

そう言うと、彼女は眉間を曇らせた。

何しろ、彼女の夫の実家のことだ。彼女の夫以外の家族が柳に何かしていたという可能性も否定できない。

吉池さんは、すいません、良いですかと言いながら、その場で携帯電話を開いた。

「あんた！　柳の木にえげつないことしとらんやろな！」

いきなり電話口でそんなことを問われた旦那さんも驚くだろうなと思っていると、吉池さんは早口に事情を説明し、その後でふん、ふん、と頷いていた。

しかし、彼女は突然大声を上げた。

「馬鹿！　何てことすんねや！」

吉池さんは、その一言の後で電話を切った。

彼女は取り乱したことを詫びた後で、続けた。

吉池さんの夫は、まだ子供の時分に父親から貰った折りたたみナイフが嬉しくて、屋敷の近くに流れる川沿いに植えられた柳の木の幹を削ったり、突き刺したりしていたとの話だった。

それだけでも、祟られそうな話だ。

しかし、何度かそうしているうちに、ナイフを柳の幹に突き立てたはいいが、押しても引いても取れなくなってしまったらしい。

父親に知られたら叱られる。

何とかならないかと何度も取ろうと試したが、遂に取れないまま放置されることになった。

暫くの間、柳の幹に突き立てられていた折りたたみナイフは、いつの間にか失くなってしまったという。

そんなエピソードを聞かされた瑠璃さんは、吉池さんに声を掛けた。

「柳を、もっと調べて御覧になったら如何でしょう」

掛けられた言葉に頷きながら、吉池さんは腰を上げて大急ぎで帰っていった。

しかし、瑠璃さんとしては、何となくすっきりとしない感じを受けた。見た限りでは柳自体が祟っているというよりは、何か別のものが柳を媒介しているように思えたのだ。

恐らくこの話、まだ先がある。

そんな予感がした。

もやもやとしたものを心の中に転がしたまま、二カ月ほどが経った。

やはり予想通り吉池さんから連絡があった。

またお会いしたいという彼女に、何か分かりましたかと声を掛けると、吉池さんは電話口で声を潜《ひそ》めた。

「ええ。何というか、別のものが見つかりまして――」

数日後、瑠璃さんの元を訪れた吉池さんは、先日からの顛末を教えてくれた。

あれからすぐに業者を呼び、金属探知機まで使って柳の幹を調べたのだそうだ。

夫氏が幼少時に刺したはずのナイフを探すためである。

幹を下から上まで探っていくと、随分と上のほうに汚れた荒縄がぐるぐると巻き付けられているのが見つかった。ぶっつりと切れた縄の先が、一メートルほども幹に添ってぶらりと垂れ下がっていた。

荒縄はかなり古いもので、柳の幹に飲み込まれるように食い込んでいたという。

「あまり、ええことに使われなんだみたいやな――」

調査に当たっていた全員が、背筋に冷ややかなものを感じたという。

結局調査ではナイフは見つからなかった。

だが、予想すらしていなかった不吉なものが発見されてしまったということになる。

その後、郷土史に詳しい方面に依頼して調査を続けたところ、昭和の初め頃に吉池さんの夫の実家に奉公に来ていた少年が、行方不明になったという事件があったことが突き止められた。

どうも当時の当主によれば、奉公人は家出でもしたのだろうから騒ぎにするなと周囲に命じ、少年の実家にも幾許かの金を渡して、内々に済ませてしまったらしい。

その事件を知った吉池さんの一族は、柳の幹から荒縄を取り、菩提寺でお焚き上げをしてもらう手筈を整えた。

そのお焚き上げの途中のこと。猛烈な悪臭と濃い煙が寺中に満ち溢れ、住職を含めた全員が、本堂から逃げ出したという話だった。

「皆それで目も喉も痛めてしまって――」

小火《ぼや》と思われて、消防車が呼ばれるほどの騒ぎになったらしい。

結局、柳の木自体を他所に移植することになったという話だった。

心なしか、吉池さんがすっきりした顔をしているので、瑠璃さんは最初の案件であった、娘さんの様子について訊ねてみた。

「お嬢様はどうされましたか――？」

そう問う瑠璃さんに、吉池さんは苦笑しながら答えた。

「うちの子に縁があらへんのは、祟りのせいやなかったみたいです。あの子、仕事のほうが大事とかで、結婚する気もさらさらないみたいでしてなぁ」

樹洞

神沼三平太

今から四十年以上前の話をする。

その当時の僕達にとっては、裏山で遊ぶのがブームだった。

裏山と呼んでいたが、街の北西に広がる小高い丘のようになっている土地で、今では開発されて住宅が並んでいる。

僕達は自然を相手にアスレチックのようなことをしてみたり、落ちている木の枝で工作を楽しむのが定番の過ごし方だった。女の子達は木の実を拾い集めておままごとをしていたように記憶している。

ある日、いつものように裏山でクラスメイト達と遊んでいると、クラスであまり目立たない女の子から呼び止められた。

「こっち！　こっち！」

どうも普段遊んでいる場所から少し離れた場所に何かあるらしい。彼女はそれを見せたいのだという。

日頃から裏山で遊んでいるので、大体何処に何があるかは把握している。

だが、彼女が腕を引いて連れていこうとしているのは、もっと奥だった。

以前、友達のお兄ちゃんに連れていってもらった記憶が蘇る。

あのときは帰るのが遅くなって、両親に叱られたんだっけ。

先導して歩いていく彼女の足取りは迷いのないものだった。きっといつもこんな奥まで探検に来ているのだろう。

裏山の中腹を超えた辺りで、見晴らしの良い場所に出た。

離れたところに学校が見えた。随分と高く上がってきたことが分かる。

「もうちょっとだから、もう行こうよ」

女の子からそう声を掛けられて、更に坂を登った。

「ここ」

彼女が示す先には、大人が何人も手を伸ばしても抱えられないほど太い木があった。

根元の部分が空洞になっており、大人一人くらいは余裕で入れそうな空間が広がっている。

「この奥なの。入ろう」

そう促すように言って、彼女は手を引いて樹洞に入っていった。

普段そう仲良くしている訳でもない女の子と、狭い場所で肌が触れ合うと、少し鼓動が速くなった。

少し奥に進んでいくと、白い中型犬が横たわっていた。

既に息はしていない。ああ、死んでいるのかと思ったが、不思議と異臭などは感じなかった。

「死んじゃってる」

そう呟くと、彼女は小さく頷いた。

彼女はいつの間にか手に持ってた野草の花を犬の前に供えた。

犬の冥福を祈りながら両手を合わせる。

「ここは御神木なの。神様の樹よ。みんなには内緒にして」

どうして彼女に選ばれたのかは分からない。

だが、その日から二人で花を供えに通った。

生ものやお菓子は、他の動物を呼ぶだろうと彼女からの提案もあり、食べ物は持っていかないことにした。

毎日、その日に裏山で咲いてる花を摘んで供えた。

白い犬は段々と土と枯れた花に飲まれていった。異臭はなかった。

半年もすると毛皮だけを残して、犬は木に飲まれた。

彼女はいつも祈った後で一言だけ呟く。

「御神木だね――」

そんな日常が続くと思っていた。

だが、いつもの日課で御神木に向かうと、段ボールやらお菓子やらが樹洞の中に詰め込まれていた。彼女は持っていた花をその場に落として泣いた。すると、間もなく他のクラスの男子グループがやってきた。

「お前ら何だよ。ここは俺達の秘密基地にするんだから、近寄るなよ！」

意地悪そうな目をした男子がそう言うと、彼女は唸り声を上げげた。

いつもの穏やかな彼女ではなかった。まるで獣が乗り移ったかのようだった。

彼女は足下の木の棒を拾い上げ、その男子の頭に叩きつけた。

びっくりするほどの血が頭から溢れ出し、彼の顔を染めた。男子は叫び声を上げた。

顎から滴る血で、地面に幾つも黒い点が描かれる。

彼女は男子に襲い掛かり、転倒した男の子の頭を棒で何度も叩き続けた。

口からは泡を垂らし犬のような唸り声を上げている彼女を、その場にいた子供達で男子から引き離した。

男子グループの何人かが途中で大人を呼びに行った。すぐに数人の大人が駆けつけた。

大問題になった。

聞いた話では、その日の深夜、彼女は自宅から姿を消したらしい。

翌日、御神木の下で血塗れになって倒れている彼女を彼女の両親が発見したが、どうも深夜に御神木に登って誤って落ちてしまったらしい。

彼女は顔から落ちて顎を砕いてしまったとのことだった。

その後、遠い病院で治療するとかで引っ越してしまった。

事件以来、彼女は一度たりとも学校に姿を見せず、それ以来一度も会ったことはない。

ここまでの話も全て伝聞だ。

御神木に登って足を滑らせた――？

僕はそうではないと思っている。

そして僕は、花を摘んで彼女のことを弔いに行くべきだったのだ。


だが、それはまだ幼かった自分には果たすことはできなかった。

ただ一度だけ高校生になった頃に、懐かしさもあって記憶を頼りに御神木を探しに行ったことがある。

以前はなかった道を辿っていくと、まだ木々が繁る一角が残っていた。

ここがそうだと直感した。

その奥に進んでいくと、記憶と変わらない光景が広がっていた。

だが、数年前にあった台風のせいか、御神木は根元から折れて朽ちてしまっていた。

犬の亡骸があった場所には新たに若木が育っていた。

「御神木だね――」

そのとき、すぐ横で彼女の言葉が聞こえた気がした。

庭の木

神沼三平太

この地に住んで二十年になる。そろそろ庭の様子を大きく変えたい。

そう長田さんは考えていた。

今となっては珍しいほどに広大な庭は、松を主体とした背の高い木が何十本と生えていた。要は敷地の中に林があるようなものだ。逆かもしれない。敷地は殆ど林で、辛うじてその横に自宅があるのだ。

長田さんの希望は、低木と花を植えた西洋の庭園のようなものだった。

若い頃から庭師のようなことをしたかった。自分で手入れができるような庭が欲しいのだ。手も出せないような松林ではない。

幸い仕事も歳を数えるごとに楽になり、生活にも余裕が出た。

そこで最初は自力で何とか庭を整えようと、地道に草を毟《むし》ったり、鋸《のこぎり》で細い木を伐り倒したりもした。しかし流石に広大な土地を一人で整備するのは無理だと悟った。

専門の業者を入れよう。

長田さんはあっさりと庭仕事を諦めた。

そもそも楽になったとはいえ、現在でも本業があるのだ。趣味で庭を整えるのに限界まで体力を使ってしまうのは本末転倒だ。仕事にも響いてしまう。

近所の縁のある造園業者に頼むことにしたが、良い顔はされなかった。

「長田さんの御自宅って、あそこですよね。二十年前に買われたあそこ」

対応してくれた職人はよく覚えてくれていた。

二十年前に都会から離れ、仕事の関係で紹介のあった土地が気に入って買ったのだ。

そのときから敷地の林には殆ど手を付けていない。

「今の話だと、あの林を丸ごと伐るってんでしょ。確かに敷地は道路にも面してるし、手は入れ易いといえば入れ易いんですけどねぇ――」

担当者は渋い顔を隠そうともしない。

「以前あの家を建てるときに、生け垣をこちらでやってくれたって聞いてたんだよ。それは違うのかな？」

「生け垣はうちの仕事ですけど、庭、というか林のほうには手を付けてないんですよ」

その後で、担当者は事情を説明してくれた。

「あそこら一帯は前はもっと広い林でね。獣もたくさん住んでたりしてたんですよね。まぁ、今はそんなもんはいないのは分かってるんだけども。それでも手を付けるなってのが昔から地主に言われてきたことでしてね。だから長田さんの家のところも、手を入れたのはほんのちょっとですよ。それにそのときだって碌《ろく》なこたぁなかった。周りの家も林はそのままにしてるでしょ——で、本当にやるのかい？」

担当者からそんな脅迫じみた忠告めいたことを言われ、長田さんは少し考えた後で、こう口にした。

「でもあのままじゃ蚊も出るし、蜂の巣とかも掛かってて、奥にも入れない。大体もう細い木を二本伐り倒してみたんだが、今のところ何も起きてないんだよ」

「切り倒したぁ？　あぶねぇな」

担当者は人がいいのか、素人の長田さんが木の伐採で怪我をするかもしれないからと、仕事を引き受けてくれた。

ただ一つだけ条件があるという。

変なことがあったらすぐに止める。具体的には被害が出たそのときに。

そんなことを念押しされた。

被害と言われても具体的な内容はよく分からない。

そうも思ったが、引き受けてもらえるのだからと、深く考えずに了承した。

数日後、職人達が庭に入ることになった。

枝を落とし、伐り倒し易くするところからだという。

だがその夜から、長田さんは同じ夢を毎晩見ては魘《うな》されることになった。

夜中に起きて、庭を眺めている夢だ。

庭に面する縁側の手前は花壇になっていて、その奥が林となっている。

その林を縁側から眺めているのだが、木の代わりに何十人もの人影が立っている。

ぼんやりと光るような人――のようなもの。

それらが向こうから長田さんのことをじっと見てくる。

顔も分からないし感情も読めないが、確かにじっと見られている。

その人のようなものは、昼間職人達が枝を落とせば形が変わり、木を伐り倒せば数が減っていく。

職人達は手こずっているらしく、数日掛かって伐り倒した木は二本だけだった。


「――あなた、毎晩何をやってるの？」

職人が入って四日目のことだった。長田さんは、奥さんから夕食のときにそう問われた。

「毎日夜中に縁側で庭を見てるじゃないですか。そんなに惜しいなら、もう木を伐るのはやめましょうよ」

「俺が夜中に起きてる？」

「ずっと帰ってこないし、あたしがトイレに起きたついでに探したら縁側にいるんですもの。驚いたわよ」

あれは夢ではなかったのか。

長田さんはすぐに造園業者に電話をして伐採を取りやめた。

すると担当の職人も、胸を撫で下ろしたような声を上げた。

「実は明日、こちらもお願いしようと思ってたところです。道具もおかしくなっちまって、まともに作業できそうじゃありませんでしたからね」

詳しく訊くと、毎日チェーンソーや、道具を運ぶためのトラックに不具合が生じていたという。

おかしいおかしいとは思っていたが、決定打となったのは、職人の一人がチェーンソーを起動しようとしたときに、その手を上から抑えつけられたことだった。

「チェーンソーは紐が切れちまって、エンジンが掛からなくなっちまったんですよ。他のもオイル漏れしてエンジン自体が回らないし、トラックに至っては、キーを回してもエンジンが掛からないんで、ちょっとそちらまで行くのにも苦労するって感じでして。最初に約束したように、被害といっても大きな怪我とかじゃないから作業は続けてましたけれど、こりゃもう限界ですわ」

「そりゃすまなかった。金は予定の通り払うよ」

「いやそれは半額で良いですよ。こっちは殆ど手を入れてませんからね」

有り難い話ではある。

あとね――職人は付け加えた。

「ちょっとお祓いしたほうがいいと思いますわ。その後で木を伐るような真似はしませんけどね、嫌な気がして仕方ないんですよ。仕事柄、嫌な場所っていうのがあるんですが、同じ感じがしてるんでね。ああ、念の為だと思ってください。手配はこっちでやります」

長田さんは担当の職人の勧め通りに、お祓いを手配してもらった。

幸いその後は特に何もない。

ただ、夜中に長田さんが寝床から抜け出して縁側に座っていることが度々あっただけだ。

目撃したのは奥さんだけだ。

林は相変わらずそこにある。枝を落とし、数本伐ったくらいでは特に影響はなかったらしい。

それから更に二十年が過ぎた。もう長田さんも八十の声を聞く歳になった。彼の住んでいた土地も、近隣の土地も全て更地になり、林も消えて団地が建ち並んでいる。

しかし、それまでに紆余曲折《うよきょくせつ》あったのを長田さんは知っている。

開発計画によって立ち退くことになり、夫婦で近所に引っ越した。

林を伐り拓く際に大きな事故が続き、何回も救急車が呼ばれている。

その頃に夢を見た。

前に見た光る人が、あちこちに歩き出していなくなっていく夢だ。

少しずつ減っていき、とうとう光る人は一人もいなくなってしまった。

そんな夢を見て、とても悲しくなった。

その後に建った団地は、幽霊を目撃したという噂はいろいろと聞くが、特に祟りのような大きな事故などは起きていないらしい。

ただ、毎日のように救急車がサイレンを鳴らして通り過ぎていく。

その頻度は普通なのだろうか。単に市民病院への通り道というだけだろうか。

偶然だと思う。偶然だと思うが――長田さんは、あの林があった頃はそんなこともなく静かなものだったなと懐かしく思い出したりもする。

土中の丸太

神沼三平太

下水工事のために土を掘っていたら、土中に丸太が埋まっていた。

古い土地では、丸太が出てくること自体はよくあることだ。

古い時代の震災や津波で飲み込まれていたり、切り倒された木の上から土が盛られたりした土地は珍しくない。その場合、朽ちてしまう場合もあるが、脂分の多い木の場合は特に地中に木がそのままの形で埋まっていることが多い。脂分が多い木とは、具体的には松や杉、栗、欅、桑、楢《なら》などだ。

丸太は元々電信柱だったものもある。処分するのに長い木は何かと厄介だからだ。人知れず土の中に、という経緯があっても不思議ではない。


「今さぁ、誰か爪んとこにいなかった?」

不意に油圧ショベルを停めたオペレーターさんが、そんなことを口にしながら、作業員の顔を見回した。

「そんな真似しませんよ。危ないじゃないですか」

「だよなぁ……」

納得できないといった顔を見せながら、水を含んだグチャグチャの黒土を掘り進めていると、不意にバリバリという音がした。油圧ショベルの爪先に何か当たったのだ。

「もうちょい周り広げてくれる？　頼むわ」

手作業で穴を広げる。

オペレーターさんが油圧ショベルの爪を差し込む。だが、どうにも納得できないところがあるらしく、何度も首を傾げる。

「これ金属の感触があるなぁ。油圧ショベルじゃやばいかも」

「仕方ねぇな」

一人の作業員が、深さ二メートルほどもある穴の中に入っていった。まだ土留めが設置されていないので、泥濘《ぬかる》んだ土の中は危険と隣り合わせだ。

しかし、このままでは工事が進まないとなれば仕方がない。

優先されるのは土中の埋蔵物だ。

「なぁ、ここらは遺跡とかなかったよな」

「聞かないっすね」

遺跡などがある場所は、土木業者の間で情報交換がなされ、しかも口伝で受け継がれている。自治体に知られると困ることが多々あるのだ。

「丸太が一本丸ごと埋まってるみたいだな」

穴の中の作業員が、木の埋まっている方向などを確かめる。どうやら掘り進める方向に横たわっているようだ。

チェーンソーで丸太を伐ろうにも、水分を多く含んだ土中では難しい。

「んじゃ吊り上げるしかないか。ロープ宜しく」

ロープで括った丸太を油圧ショベルで吊り上げて地表に置いた。

泥だらけでは処理をしようにも手も足も出せない。泥を落とすためにスコップで突いていく。

すると、カンッという金属質の音がした。

「金属ってこれか」

「あー。電信柱なんすかね」

電信柱には金属の看板などが巻かれていることがある。その可能性を考えたのだ。

だが、電信柱にしては様子がおかしい。

「普通の丸太に見えるよなぁ」

「うっわ、ヤバいヤバいヤバいヤバい、これ！」

スコップを握っていた作業員が丸太を指差しながら声を上げた。

「これ、御札ですよね！」

無数の御札が木に開いた虚《うろ》に、グチャグチャに詰め込まれている。

表面に近いところのものは、黒くドロドロに腐っているようだが、奥のほうに詰められたものはまだ白い。確かに墨で文字が書かれており、間違いなく御札の一種だ。

そして、その虚の周囲には、赤く錆びた釘がびっしりと刺さっている。

先ほどから聞こえていた金属質な音は、偏執的なまでに打ち込まれた釘のせいだ。

如何にも不穏なものを掘り出してしまった。

嫌な雰囲気がその場に漂った。

「どうするよ……」

「どうするって言ったって、廃棄するしかねぇだろうよ」

理屈ではそうだ。しかし、誰も関わりたくないのだ。

「ジャンケンだな」

現場監督の声で、ジャンケンで負けた者が、ダンプで木を廃棄してくるという話になった。

本来なら土木業者の廃棄物置き場に一度保管するのだが、置いておきたくないと判断された。

何かあってからでは遅いとの監督の鶴の一声だった。


「やだよ、呪われる」

ジャンケンに負けて泣き言を漏らす作業員を、ダンプに乗せて走らせた。

一時間後に帰ってきた作業員は半泣きだった。

「マジでやばいって。昼間から怖すぎるって。何だよあれ、おかしいよ」

馴染みの産廃処理業者へ持ち込んだらしいのだが、途中で何度も電話があったそうだ。

反対車線を走っていた同業者からの着信である。

受けてみると、皆心配そうな口調だった。

「荷台に人が立ってるけど、平気？」


産廃業者は、一帯の現場から廃棄物が持ち込まれる。同業者が擦れ違う場面も多い。

そこで情報を交換するということもあるのだ。

運転していた作業員は、すぐにダンプを路肩に停めて荷台を確認した。

だが、当然ながら誰もそこにはいない。チェーンで巻かれた丸太が一本あるだけだ。

再びダンプを走らせる。

だがバックミラーの中には男がいた。揺れる荷台で、繰り返し何かを振り上げては振り下ろしている。

——これは見てはいけないものだ。

そう思った彼は、アクセルを強く踏み、産廃業者までの道を法定速度の五割増の速度で駆け抜けたという。

なお荷台に乗っていた男の姿は、多数の同業者に目撃されていた。

社長のところにまで電話が入っており、監督とダンプを運転していた作業員が呼び出しを受けた。

社長に事情を説明すると、彼は暫く黙った後で言った。

「信じるよ。だからお前ら、いいからお祓い行ってこい。今朝もダンプに人が立っているって通報があったばかりなんだよ。次は警察が来るからな。ダンプも持ち込んで、お祓いしてもらえ」

お祓いを受けてからは、その男の姿は出てこなくなったらしい。

姉妹牡丹《ぼたん》

神沼三平太

「こんな話、まず、信じていただけないものと思いまして――」

彩子さんはそう前置きした。

彼女と夫の圭介さんは、デキ婚だった。お互いが両親に報告すると、両家とも彩子さんのお腹が目立ってくる前に、早々に式を挙げるのが良いだろうという話になった。

彩子さんも圭介さんも資産家の一族で、贈られたお祝いの品々も比喩ではなく山のように積まれた。

その中に、真っ赤な組み紐で縛られた、桐《きり》の小箱があった。

大きなお祝い品が目を惹く中で、掌に載るほどの小さな箱。

しかし、目の覚めるような緋色の組み紐が設えてあり、滑らかな桐製の箱が上等なものであることを告げている。

彩子さんと、彼女の母親は、誰からの贈り物だろうかと思案したが、すぐには思い至らなかった。

新婚旅行から戻って、落ち着いた後で開ければ良いだろうと、式場から新居に届くように手配した。

夫婦の新居には住み込みの使用人が複数名おり、彩子さん自身は家事を行わなくて済むような環境である。

ただ、使用人に仕事を教えるのは奥様の役目だと言われて育ったので、一通りの家事はこなすことができる。そういうものだ。

夫婦は翌日すぐに新婚旅行に出発し、一週間ほどして新居に戻った。

「帰ってドアを開けると、家の中に奇妙な臭いがしていたんですよね。うちの人は新しい木材の香りとか壁紙の接着剤の臭いだろうと言ってたんですが、どうにも違うんです」

これは何処かで嗅いだことがある。だが、思い出せない。

圭介さんの鼻には届かないのか、それとも単に気にならないのか、何度訴えてもよく分からないようだった。これは使用人達も同じだった。

そうなると自分の鼻がおかしいのだろうか。

正直、彩子さんにとってはあまり好きな臭いではなかった。

家中の窓を開け放っても、なかなか臭いは消えなかった。

一週間ほどして、漸く臭いも消えたと思ってホッとしたが、突然臭いが蘇ったように鼻を衝くことがある。

臭いを吸い込むと、彼女は下腹部がきゅうと締め付けられるような痛みに襲われるようになった。

そんなある日のことだ。

「おい、これ、結局中身は何だったんだ？」

圭介さんが、例の桐の小箱を、何処からか持ってきた。

彩子さんは、その存在すらすっかり忘れていた。

ただ、彼女としても、誰から贈られたものか見当も付かない。

実は結婚式のお祝いの中にあったけれど、誰から送られたものか分からないのだと正直に伝えた。

「――何だろうな」

中を開けてみれば分かるかもしれない。

圭介さんが、縛っている緋色の組み紐を解いて、小箱の蓋を開けた。

「何だ――これは！」

濃い紫色の布の上に、乾涸《ひから》びた小枝のような物が置かれていた。

彩子さんは、それを見た途端に、子宮がぎゅうっと痛み始めた。余りの痛みに立っていられない。その場で呻きながら蹲ってしまった。

脂汗が滲み出し、床にぽたぽたと落ちた。

突然の妻の容体の変化を目の当たりにした圭介さんは、慌てて救急車を呼んだ。

産婦人科へと急ぐ。

診断では流産の危険があるとのことだった。そのまま入院だ。

そのドタバタで、桐箱とその中身の乾涸びた小枝を何処に置いたかなど、すっかり忘れてしまった。

彩子さんはそもそも箱に触れていない。多分テーブルか、玄関の靴箱の上に置いたのではないかと考えていた。

だが、一週間ほどして病院から帰宅したときには、失くなっていた。圭介さんからそう告げられた。使用人も知らないという。

気味が悪いし、誰から贈られたものかも分からない。もう関わりたくもない。

だから消えてしまったならそれでいいと、そのまま放置した。

彩子さんは、入院中に、どうやらお腹の子は双子のようだと、診断を受けた。

そのときに、家の中でしていた臭いが、一体何かを思い出したという。

「あれは——羊水の臭いでした」

彩子さんにしか感じられない羊水の臭い。

それがぷんと鼻を衝くと、お腹が締め付けられるように痛む——。

それと時を同じくして、庭の片隅に全く植えた記憶のない細い茎がひょろりと伸び始めた。

広い庭の手入れは、月に一度通ってきてくれる庭師達に任せている。

妙に生き生きとして葉も枝もないその植物の名を、職人の一人に訊ねた。

ちらりとそちらを見た職人は、恐らく牡丹の一種だろうと答えた。

牡丹――植物の種類が分かったのはいい。雑草のようなものでもないという。これもいい。

だが、果たして誰が植えたのだろう。

彩子さんはそれが気になった。

圭介さんは、土いじりなど絶対にする人間ではない。

それでも二人の新居、二人の庭である。

相談すると、庭の世話は庭師がやってくれるのだからと、別に引き抜く必要はないのではないかとの意見だった。

牡丹といえば、ふっくらとして華やかな花だ。一輪でも存在感がある。それを期待しての意見だろう。

しかし、彩子さんが牡丹の話を振るたびに、職人達は首を傾げた。

種子が飛んでくるような植物ではないし、妙に伸びるのが速いというのだ。

納得のいかない様子だったが、もしかしたら、気候や土が合っているのかもしれない。

牡丹はみるみるうちに葉も繁り、気が付けば宝珠《ほうじゅ》のような丸い蕾《つぼみ》が二つも付いた。

圭介さんも、使用人達も、これは見事な牡丹が咲くだろうと、楽しみにしていたようだったが、やはり職人達は家に来るたびに首を傾げては、何か縁起の悪いものでも見るように、牡丹の蕾から目を逸らしていた。

そしてゴールデンウィーク直前のある朝、牡丹は見事な大輪の花を二つ咲かせた。

庭師の親方は、彩子さんの前で、遂に顔を顰《しか》めて呟いた。

「いや——嫌な花ですね。この牡丹は」

誰が見ても、美しい牡丹だったが、どうも親方にはそうは見えていないようだった。

思い返せば、親方は、この牡丹に水を遣ることすら嫌がっていた。

そのことを指摘すると、彼は牡丹のほうを一瞥し、すぐに目を背けた。

「——旦那さんには内緒にしといてくださいよ」

「大丈夫ですよ。何も言いません。今は主人は会社に行っておりますし。実際のところ、どうせあまり興味もないんです」

そう言うと、親方はわざわざ牡丹に背を向けた。

「俺ぁ何だかね、この花に、世話しろ世話しろって、こき使われてるみてぇな感じがするんですよ。後ろに誰かがいて、早いところ育て上げろ、でないと間に合わなくなるって急かされてるみたいにね」

——だから俺ぁ、牡丹は好きでも、この花は苦手なんですよ。

そう打ち明けてくれた。
「あなた、あまり縁起がいいものじゃなかったのね」
職人達が帰った後で、彩子さんは牡丹にそう話しかけた。
あんなことを言われると、妙に気になるではないか。
お腹には、二人の赤子がいて。
庭には牡丹が二輪の花を咲かせていて。
普段なら気にすることがないはずのことが、何故かそのときはやけに不安に感じた。
その直後、突然彩子さんの記憶に、あの桐の小箱の中身がフラッシュバックした。
乾涸びた小枝。まるであれは――。
あれは何だか、臍《へそ》の緒みたいだった。
ぷんと羊水の臭いが鼻を衝いた。
お腹の奥がきゅうと痛む。
その直後、股間に違和感があった。指先で確認すると濡れている。
破水だった。
使用人に救急車を呼んでもらい、産婦人科まで運んでもらった。
二カ月の早産だった。その上、かなりの難産で、赤ちゃんも母体も危ない状態だった。

彩子さんは生死の境を彷徨《さまよ》った。

結局、彩子さんと双子のうちの一人だけが助かった。

「――それで退院して家に帰ったら、その牡丹がね」

圭介さんと二人で戻ると、使用人から、二輪の牡丹の花の片方が、落ちてしまっていましたと聞かされた。

気付いたときには茶色く変色して、まるで腐った肉の塊のようだったという。残された片方だけが、輝くように美しく、花弁に露を転がしている。それがまるで真珠のようだった。それが何だか恐ろしく感じたとのことだった。

「牡丹、御覧になりますか？」

使用人がそう言ったが、夫婦は黙って首を振った。

彩子さんの腕に抱えられた娘は、今はすうすうと寝息を立てている。

わざわざ、そんな不吉なものを目に入れる必要などない。

「桐の小箱。ああ、あの箱ですね――」

結婚式場のスタッフから、あの箱は新郎の友人と名乗る女性が、置いていったのだと聞きつけた。

彩子さんはあの箱の贈り主を調べ始めた。

あれが来てから、何かがおかしいのだ。

何だか変わった贈り物だなと思ったので、よく覚えているとのことだった。

箱には何も書かれておらず、芳名帳にも名前も記されていないのだ。

帰宅して圭介さんを問い詰めると、一人の女性が浮かび上がった。

二年の交際の後で婚約までしたが、圭介さんの両親が興信所を使って調査したところ、相手の一族に犯罪歴があったことが明らかとなり、婚約は破棄されたのだという。

圭介さんも、そんなことは彼女から打ち明けられなかったし、そんなことを隠したままにしているのは不誠実だと、両親の決定に従ったのだという。

「――妊娠、してたんだと思います、その女性」

圭介さんは、本当に知らなかったのか。その女性が、どうなってしまったのか。

もう知ろうとも思わない。関わり合いたくもない。

彩子さんはそう語った。

別れ際に彼女は遠くを見るような視線で呟いた。

「庭の牡丹、抜いて、燃しちゃおうと思って――」


その後、彼女から連絡が入った。

牡丹を引き抜いたとき、その根元の土の中からドロドロになった桐の小箱と、ぞっとする程に鮮やかなままの緋色の組み紐が出てきたのだという。

似ている二人

服部義史

　ある日のこと、小林さんは職場の同僚の裕子さんから鉢植えを頂いた。

「何かねー、この子可愛いんだー。正式名称は何かカタカナで長くて忘れたけど、蔦科みたいなことを言ってたなー」

　彼女の中で蔦といえば、外壁に無造作に伸びる植物という印象だったので心配になる。

「大丈夫なの？　部屋中に伸びて足の踏み場もないようになったりしない？」

「あたしも持ってるから大丈夫だってー。この細い紐みたいな先っぽがゆらゆら揺れたりして可愛いんだってー」

　片手に収まる鉢には、ハートのような葉っぱと細い巻きひげが絶妙なバランスで収まっている。

　確かに可愛いと思い、有り難く頂戴した。

　家に帰ると、ベッド横の棚に飾り、霧吹きで水を掛けてあげる。

　巻きひげが優しく揺れるのを見ていると、幸せな気持ちになった。

翌日、出勤でアパートを出た小林さんの目の前で、猫が死んでいた。
遺骸の状況から、車に撥ねられたものだと思える。
（可哀想に……）
そうは思うが、何もしてあげられない。
彼女はそのまま会社へ向かった。

仕事が終わり帰宅すると、アパートのドアの前で一羽の鳥が死んでいた。
スズメよりはサイズ感は大きいが、名称までは分からない。
茶色い羽根がぼろぼろに傷ついていることから野良猫にでも襲われたように思える。
（可哀想に……）
そうは思うが、正直触りたくはない。
小林さんはその鳥を跨ぐようにして、アパートの中へ入っていく。
朝の猫はいなくなっていた。
恐らく行政が処理してくれたのだろう。
あの鳥も、近所の野良猫が何処かへ持っていくだろう。
そう思いながら、鉢植えに霧吹きで水をあげていた。
ゆらゆらと巻きひげが動く。

……あれ、おかしい。

昨日は愛おしく思えた様が、説明の付かない不安感に駆られた。

(まあ、いろいろあったから神経質になってるんだ)

そう自分に言い聞かせ、何事もなかったように過ごした。


翌朝、アパートのドアを開けると、小さな人だかりができていた。

小林さんも何だろうと覗き込む。

「ひっ……」

顔面から結構な出血をしている男性が倒れていた。

程なく、警察と救急車が到着し、その男性は救急搬送されていった。

先にいた人達と警察の会話を聞く限り、男性は擦れ違いざまに若い男に何かで殴られたらしい。

犯人は逃走したようで、警察無線のやりとりが緊張感を生んでいた。

(あっ、やばい。遅刻する)

小林さんは周囲を警戒しつつ、会社へと急いだ。


出勤した小林さんは裕子さんに朝の事件の話をする。

「えー、怖いねー。家の付近でしょー。もしかしたら、舞ちゃんが襲われてたかもねー。怖いねー」

彼女の元々の話し方の所為だろうか。他人事感が半端ない。

少し笑っているようにも見えたので、苛つきを覚えた。

「まあ、防犯カメラとかもあるから、すぐに捕まるよ。遭遇しなかったってことは、ツイているってことだから」

そう話を切り上げ、仕事に集中した。

帰宅した小林さんは、鉢植えに霧吹きを掛けながら話しかけていた。

「裕子のああいうところ、昔から嫌だったんだよね。全部、他人事。自分が良ければそれでいいって、おかしいと思うよね。そうでしょ？」

巻きひげはゆらゆらと呼応する。

「でしょ。そう思うよね。明日から、ちょっと距離を置こうかな」

その言葉の後、巻きひげの先端から赤い雫が零れた。

一瞬、目の錯覚と思ったが、巻きひげの先は赤く染まっている。

（えっ、この植物ってそういうものなの？　水のやりすぎとか、栄養の不足とか？）

心配になった小林さんは、翌日、裕子さんに訊いてみることにした。

翌朝、出勤前。何やら外が騒がしかった。

程なく、インターホンが鳴る。

「あー、すみません。ちょっとお話を伺ってもよろしいですか」

モニターには警官の姿が映っている。

躊躇いながらもドアを開けると、捜査に協力してほしいという。

最初に家族構成を訊かれ、昨夜から今日に掛けて不審な物音を聞いたり、人物を目撃していないかを訊ねられた。

「あのー、何があったんでしょうか？」

アパートの目の前の歩道に、切断された猫の頭部が置かれていたという。

「一応、昨日の事件との関連も考えられますので、何か気付いたり思い出したら連絡を頂けますか」

警官の話しぶりから、通り魔犯はまだ捕まっていないように思われた。

この場所で穏やかな生活を五年以上送っていたが、きな臭いことが立て続けに起きている。

内心穏やかではないが、どうしたらいいのかも分からない。

一人でいるのが不安で、早急に準備をし、会社へ向かった。

出勤時間を過ぎても、裕子さんは姿を見せなかった。
連絡が取れないことから、無断欠勤という話だった。
鉢植えのことも、朝の事件も話したかったが、それは叶わない。
何処かもやもやとしながら、一日を過ごすこととなる。

帰宅した小林さんは、霧吹きを片手に鉢植えへと向かう。
「えっ……」
蔦科の植物は原型が残らないほど、枯れ縮んでいた。
巻きひげと思われる物は髪の毛のような細さになり、触れるとポロリと崩れた。
出勤前は元気な姿だったものが、一日も経たない間に枯れ果てる。
そんなことがあり得るのかと思うが、現実に目の前に存在している。
いろいろなことを受け止められない小林さんは、ベッドに潜り込んだ。
精神的に疲れていたのか、彼女はいつの間にか眠りに落ちる。
ふと目を覚ますと、室内は真っ暗になっていた。
（今、何時だろう）
身体を起こすと、足下に俯き気味の裕子さんが立っている。
「えっ、何で？」

思わず声を発するが、裕子さんの全身は淡白く発光していた。

急に小林さんの身体は動かなくなり、金縛り状態に陥る。

（これって、お化け。ってことは裕子は……）

考えを整理しようとするが、上手く答えが纏まらない。

小林さんを見下ろす形の裕子さんは、少しずつ頭を上げていく。

キッと睨みつけるような目つきの裕子さんからは、憎悪のような感情が溢れ出していた。

（どうしたの？　そんな顔、一度だってしたことないよね？　私が何かしたってこと？）

頭の中で必死に裕子さんに呼びかけるが、怒りの表情に変化はない。

十分以上もそんな膠着《こうちゃく》状態が続いただろうか。

ふっと、裕子さんは姿を消し、身体は自由を取り戻した。

「はぁー、ふぅー、ふぅー……」

意図せずに、小林さんから荒い呼吸が漏れ出る。

自覚はなかったが、恐怖と緊張感で限界を迎えていたようだ。

スマホに手を伸ばすと、午前三時を回っていた。

「裕子はあれから一度も出社することもなく、消息不明となっています」

例の鉢植えは、朝になってからゴミとして捨てた。

何故か、連日続いていたアパート前の騒動もピタリと途絶える。

裕子さんは退職扱いとなり、何事もなかったように職場は回っている。

「でもさー、あなた達って仲良さそうに見えて、本当はめっちゃ仲が悪かったよね」

小林さんはそんなつもりはなかった。

でも同僚達からはそう見られていたようだ。

「結構似てたからね。根本の性格が……」

呪いのようなものは、意外と簡単に作り出せるのかもしれないと、小林さんは結んだ。

十月十日

服部義史

ある日曜の昼下がり、喫茶店で待ち合わせをした川端さんは、一枚の写真を手渡してきた。

「確か、そのジャージを着てたのは小学校三、四年くらいだったはずなんです」

オレンジ色のジャージを着た少年は、満面の笑みを浮かべてカメラに向かってピースサインをしていた。

「最初にこの写真を見つけたのは六年くらい前になります」

部屋の整理をしている最中、アルバムがふと気になった。

パラパラと捲ると、懐かしい写真が次々と現れる。

「あー、これは運動会。これは少年野球の……」

思い出に浸っていると、捲ったページの間から一枚の写真が落ちてきた。

「えーと、これは……」

記憶を呼び起こすが、一向に思い当たらない。

他のアルバムの写真は全て綺麗に収められているので、どうしてこの写真だけがページとページの隙間に挟まっていたのかもよく分からない。

川端少年の写真の背景は山の中で撮られたものである。

彼のすぐ後ろには、古びた太い木があり、注連縄と紙垂《かみしで》が巻かれていることから御神木と思われた。

「うちは貧乏だったので、家族旅行とかは行ったことはないですし、地元の神社にはこんな立派な御神木なんてないんですよ」

幾ら考えても答えは出ないので、川端さんはアルバムの隙間に戻しておいた。

それから三年後、川端さんが五十歳のとき。

以前から興味があった熊野古道を訪れていた。

圧倒的な自然と歴史を感じさせる熊野本宮大社。

存分に世界観を堪能した後、ホテルに向かってレンタカーを走らせていた。

『キュ、キューーーーーッ、イィイーーーーーッ』

突然、頭に響く、機械のような高音ノイズ。

頭痛とも眩暈とも判別が付かない状態に陥り、車を道路脇へ停車させた。

その瞬間、スーッと具合の悪さが解消される。

(今のは何だったんだ……)

気圧の変化、病的なもの。

様々な可能性を考慮し、また車を走らせるのが躊躇われた。

ふと、ドアガラス越しに外の景色を見る。

(あ、ここだ……)

その後のことはあまり記憶にない。

辺りの草木を掻き分け、どんどんと山中に踏み入ったような気がする。

漸く、我に返ったときには、例の御神木の前に立っていた。

懐かしいような、神聖なものに触れているような気持ちが綯《な》い交ぜになる。

(そうだ、写真に撮らないと……)

ポケットからスマホを取り出し、いろいろな角度から撮影する。

後で例の写真と比べようと、記憶を辿りながらそれらしいポイントでシャッターを切った。

——瞬間、雷に打たれたような電流が身体を突き抜ける。

ハッ、と我に返ると、川端さんはレンタカーの中にいた。


「この話、どう思います？　夢ですか？　それとも、病的な精神の問題だと思いますか？」

余りの話の展開に返答に困っていると、川端さんはスマホを弄り出した。

「これと写真、見比べてください……」

スマホの画像と写真をまじまじと見比べる。

御神木に変化は見られない。

いや、周囲の木々の緑の量まで、全く同じものだと思われる。

「気付きましたか？　おかしいでしょう？　説明が付かないんですよ……」

双方の景色は全く同じ状態。

常識で考えても、木々は成長する。

四十年近くも経過しているのに、同じ映像が存在するのはあり得ないとしか言えない。

何より、不可思議な点がある――。

――五十歳の川端さんが、御神木の前でピースサインを出していた。

「一人旅ですよ。僕しか撮影できる人はいないんです。三脚や自撮り棒のような気の利いたものを持ち歩いてもいないし……。しかも、こんな笑顔……したこともないです」

少年時代と同じように、堅物そうな川端さんは画像の中で満面の笑みを湛えていた。

どうしても納得のいかない川端さんは、翌年も同じ日取りで熊野古道を訪れる。

宿泊するホテルも同じ場所にして、再現性を狙ってみたがそれは叶わなかった。

そして、更に翌年。また同じ日取り、条件下で熊野古道を訪れた。

その後、何となくホテルに向かう道中で、車を停めた。

特に虫の知らせ的な感覚などはなかったが、そうしなければならないような説明の付かない義務感があったという。

車から降りようとドアノブに手を掛けた瞬間、意識がなくなった。


気が付くと、川端さんは山中で倒れていた。

顔を上げると、目の前には例の御神木があった。

恐怖のようなものは何も感じず、この状況が必然であるような感覚はあったという。

全てを受け入れた瞬間、また意識が遠のく。

次に意識が戻ったのはホテルのベッドの上だった。

時間にして、四、五時間は経過しているはずである。

「で……これが最後です。どう思います？」

そう言いながら、川端さんはスマホを操作する。

差し出された画像には、やはり御神木と周囲の木々の風景が写っている。

そして御神木の前には、八十代くらいと思われる笑顔の川端さんがピースサインを作っていた。

「あー、加工だとか思われるのなら、調べてもらっても結構です。こっちはむしろ加工とか、誰かが仕込んだ物と分かったほうがすっきりできるんで」

一連の御神木に絡む画像のことで、川端さんの身に何かがあったということはないらしい。

ただ気味が悪い。意味不明に尽きるという。

そしてこれ以上、説明の付かない画像が増えないよう、川端さんは熊野古道に近付くのは封印している。

折る。

つくね乱蔵

須藤さんの村には祟りの木がある。

無理に伐ろうとした者は、十人が十人とも必ず怪我をする。最悪の場合、死ぬこともある。

枝を折ったり、たった一枚の葉を千切っても祟ると言われていた。

正直、何処にでも転がっているような話だ。

須藤さんも子供の頃から、あの木にだけは関わるなと言われて育ってきた。

当時はそれを不思議に思わず言いつけを守ってきたのだが、最近になって疑問が湧いてきた。

枝を折るな、葉を千切るなというが、季節が巡れば落葉する。台風で枝が折れることもある。

それはお咎めなしだ。要するに、人の手で故意に伐ったり折ったりするのが駄目なんだろう。

では、落ちた枝や葉を拾ってくるのはどうだ。

集めた落ち葉で焚き火とかしたら、大火傷するのだろうか。

いろいろと考えていたら、我慢できなくなってきた。

よし、物は試しだ。とりあえず落ちている枝で試してみよう。

須藤さんは早速、祟りの木に向かった。

山へ向かう道路沿いに、その木は立っている。

見たところ、何の変哲もない古木だ。四方に杭を立て、太い縄で囲ってある。立ち入りを禁止するような看板はない。そもそも、村人以外は使わない道だ。

そっと近付き、まずは手近にある枯れ葉を拾った。

深呼吸し、思い切って二つに千切ってみる。

暫く待ったが、何も起こらない。次は枝を拾い上げて折った。

やはり何も起こらない。

ということは、本体から離れた物は祟りの対象から外れる訳だ。

結果に満足した須藤さんは、落ちている枝を全て折っていった。

やり終えた須藤さんは、次の案を練りながら帰った。

台所にいる母に声を掛け、自室に戻ろうとした。

「ちょっとあんた、手！　手、どうしたのよ！」

母親が顔色を変え、金切り声を上げた。

手。手がどうしたというのだ。

須藤さんは自分の手を見つめた。

「え。何これ」

両手の指が一本残らず折れていた。痛みは全くなかったという。

小さな花が咲いた

つくね乱蔵

横山さんがその少女に出会ったのは、とある駅前のネットカフェだ。

始発までの時間潰しに立ち寄った店に少女はいた。

やや太めの身体が、ふわっとしたスカートと、大きなサイズのシャツに包まれている。

白髪交じりの髪は、点々とフケが目立つ。寝不足なのか、目の下は濃い隈《くま》で縁取られている。

化粧っ気はまるでない。ささくれだらけの指先に不健康な色の爪。

まだ若いと思われるが、醸し出す雰囲気は老婆のそれだった。

所謂ネット難民だろうと推測した横山さんは、関わり合いにならないよう、視線を外そうとした。

ちょうどそのとき、少女は薄汚れたバッグから妙な物を取り出した。

小さな鉢に植えられた観葉植物だ。少女は、飲み放題の紙コップを使って、その植物に水を与え始めた。

その光景に何故か強く心を惹かれた横山さんは、思わず声を掛けてしまった。

気だるげに上げた顔は、お世辞にも可愛いとは言えない。加えて少し汗臭い。一瞬迷ったが、好奇心が背中を押した。

「それ、何の花？」

「……知らない。百均で買った」

少し会話を交わし、少女が空腹だと分かった。カップ麺をおごると、少女は途端に饒舌《じょうぜつ》になった。

少女の名は梨々香、十九歳。地方都市に生まれ、高校二年生までは何処にでもいる普通の女の子だった。

高校三年になった年に、父親が癌で亡くなった。経営していた店は多額の借金の形に取られ、後妻で迎えていた母親は僅かな資産を持って消えてしまった。

一人残された梨々香は高校を中退し、逃げるように都会に出てきたのだという。

何一つ資格がないため、今現在は登録制のアルバイトで暮らしている。ネットカフェならナイトパックで千五百円ぐらいで済むから、こうして朝まで過ごすのだそうだ。

「これ、育ったら白い花が咲くんだって。それが楽しみなの」

残念ながら、どう見ても枯れる寸前なのだが、梨々香はその花を自らと重ねているようだった。

名残惜しそうにカップ麺を平らげると、梨々香は横山さんを見つめて言った。

「一晩五千円で抱いてくれませんか」

正直なところ、全くその気になれない相手である。丁寧に断り、横山さんはその場を離れた。

それから半月ほど経った頃。

横山さんは、思わぬ場所で梨々香を見つけた。あのネットカフェからそれほど遠くない公園だ。

梨々香は、その公園のベンチで横たわり、救急隊員に囲まれていた。あの日と同じ服は、離れた場所からでも汚れが目立つ。

血の気のない顔、だらしなく開いた口から涎《よだれ》が垂れている。

救急隊員の呼びかけにも全く反応しない。声を掛けようとして、横山さんは思いとどまった。

知っているのは名前と年齢、今現在の生活だけだ。何一つ役に立たない。数分後、梨々香は救急車に積み込まれ、搬送されていった。

梨々香が横たわっていたベンチに近付いた横山さんは、すぐ側に転がっている鉢を見つけた。

あの日の花だ。殆ど枯れかけているが、辛うじて緑の部分も残っている。

横山さんは、その花を持ち帰って、自宅の庭に植えてみた。

土壌や日当たりが良かったのか、花は奇跡的に持ち直した。

一カ月後、小さな白い花を咲かせた。

それと同時に、うっすらと透けた梨々香が庭に現れるようになった。白い花を見て嬉しそうに微笑む。

その笑顔が何とも見苦しくて鬱陶《うっとう》しいので、横山さんは花を引っこ抜いて捨てた。

フリージア兄さん

つくね乱蔵

佐代子さんは昨年の末に兄を亡くした。

兄の名は達郎、成人式を終えた直後から、二十四歳で自殺するまでずっと引きこもっていた。

朝から晩まで絵を描いていた。特に植物をテーマにすることが多く、部屋は様々な種類の花の絵で溢れていた。

父はそんな兄を徹底的に無視した。

医師の家に生まれ、自らも外科医として巨大病院に君臨する父にとって、兄は微生物以下の存在だったのだ。

この家に落ちこぼれの遺伝子は必要ないと言い放ち、親子の縁を絶とうとまでした。

だが、現在の法律では親子の扶養義務を免れることはできない。仕方なく父は兄を相続から排除し、会話どころか顔すら見なくなった。

母も同じである。母と父は見合い結婚だった。当時、母には相思相愛の男性がいたのだが、家の事情で無理に嫁がされたのだという。

母に課せられた任務は、男児を産むこと。男児が生まれるまでは、親族として認めないとまで言われた。

それ故、兄が生まれるまでの一年間は針の筵《むしろ》だった。漸く生まれた兄は、母にとって救いの神のはずだった。

だが、兄はどう頑張っても医大に合格できず、二年間の浪人生活の末、父に見捨てられて引きこもった。母にとって救いの神ではなく、貧乏神だった訳だ。

佐代子さん自身は、兄を慕っていた。優しく微笑みながら絵を描く兄の姿を見守るのが、何よりも好きだった。


自殺に至る経緯は分からない。正直、いつ死んでもおかしくない精神状態だったのは確かだ。

発見したのは佐代子さんである。食器を下げに行ったとき、名前を呼ばれたという。

「佐代ちゃん、今までありがとね」

確かに兄の声だった。何に対しての御礼なのか分からず、佐代子さんは訊き返した。

返事がない。ドアをノックし、入っても良いか訊く。やはり返事がない。

ふと気付いた。ドアは、キッチリと閉められている。この状態で先ほどのような小さな声が聞こえるだろうか。

かなり近く、それこそ耳の真横ぐらいの位置だった。

嫌な予感がする。佐代子さんは声を掛けながら、思い切ってドアを開けた。

兄は子供の頃からずっと二段ベッドを愛用していた。その上段の枠に紐を掛け、首を吊っていた。
悲鳴を上げながら駆け寄る。首が伸びた分、顎が詰まっているのが見て取れる。
降ろそうと試みたが、女一人では到底無理だ。
悲鳴を聞きつけてやってきた母は、おろおろと立ちすくんでいる。
「お母さん、見てないで早く降ろすの手伝って」
漸く下に降ろし、呼吸を確認しようとして気付いた。
口の中に何かある。指を入れて、無理やりこじ開けてみた。
直径一センチほどの豆のような物が、隙間なくぎっしりと入っている。
一粒取り出す。褐色の球体の先端部から根が生えている。何らかの植物の球根だ。
それが、次から次へと溢れてくる。
全て掻き出すのに、かなりの時間を要したという。
病院に電話し、父に繋いでもらったのだが、返ってきた返事は一言だけだった。
「俺の病院には連れてくるな」
兄は、死んでからも拒否されたのである。
その日のうちに、兄の遺体は戻ってきた。
担当してくれた救急センターの看護師が、佐代子さんにそっと教えてくれた。

兄の口から、小さくて褐色の球根がたくさん出てきたという。

確かに全て除去したはずだ。何度も確認したから間違いない。

食道に残っていたものが、何かの拍子に逆流したのだろうか。

とりあえず、遺体は兄の部屋に寝かせた。流石に葬儀は自分達だけではどうすることもできない。父が懇意にしている葬祭業者に頼み、可能な限り秘密裏に葬儀は行われた。

遺体を整え始めた業者が、ふと手を止めた。

僅かに首を傾げながら、口の中を指で弄っている。

「おかしいな、何だこれ」

またしても球根である。最初に見たものと同じ形状だ。

後から後から溢れ出てくる。

何処に入っていたのかと、呆れるぐらいの球根が出てくる。

流石はプロの業者らしく、黙したまま延々と作業を続けているが、その指先が細かく震えているのが分かった。

結局、最後の最後まで父は葬儀に現れなかった。


それから七日後のことである。

いつも朝早くから散歩に出かける父が起きてこなかった。

決まった時間に朝食を摂り、新聞をチェックし、同時刻に家を出る父にしては珍しいことだ。

起床時間から二十分経過し、母が父の寝室に向かった。

数分後、母の悲鳴が響き渡った。

慌てて駆け付けた佐代子さんが目にしたものは、血塗れの父であった。

浅く椅子に腰かけた父は、手にしたメスで自らの腹を切り刻んでいた。

贅肉《ぜいにく》で弛《たる》んだ腹を少し切り開き、サイドテーブルに置いた皿から小さな褐色の球体を摘まみ上げ、身体に押し込んでいる。

この数日間に何度も見たのと同じ球根だ。押し込んだ後はステープラーで雑に止めている。

数えきれない傷全てが軽く膨らんでいた。一つ残らず球根が押し込まれているのは明らかであった。

止めようとする母と佐代子さんを足蹴にし、口汚く罵り、父は最後の一つまで手を休めようとしなかった。

命に別状はなかったが、その日のうちに父は壊れてしまった。

まともな受け答えができず、一日中ぼんやりと過ごし、唐突に泣き出す。

「はい、咲かせますから。フリージア、ちゃんと咲かせます」

そう叫んでは、またぼんやりと過ごす。その繰り返しだ。

三月に入ったある朝。

父が嬉しそうに笑いながら、全裸で居間に飛び込んできた。

「咲いた、咲きました、見て見てほらほら」

弛んだ腹部に付いた無数の傷跡から、小さな兄が生えていた。兄は嬉しそうに微笑み、ゆらゆらと揺れている。

最初に悲鳴を上げたのは母である。佐代子さんは声を上げる余裕もなく失神していた。


気が付いたとき、父は自室に戻り、嬉しそうに笑っていた。

どうやら母も自室に戻ったようだ。何やら歌っているのが聞こえてきた。

扉の前で耳を澄ます。子守歌だ。

「母さん。開けるわよ」

母はベッドに腰かけていた。下半身を剥き出しにして、ベッドに腰かけている。

ベッドの上には、あの球根が大量に置いてある。母は、それを一つずつ丁寧に摘まみ上げ、己の性器に押し込んでいた。

「もう一度生まれ変わりましょうね」

そう話しかけながら、合間に子守歌を歌う。

止める気力も失せ、佐代子さんは居間に戻った。

今現在、父も母もまともに日常生活が営めていない。
佐代子さんが家を出ると、二人の世話をする人間がいなくなってしまう。
来年の三月までの辛抱だと、佐代子さんは言った。
その頃になったら、母の股間から小さな兄が大量に出てくるだろう。
そうしたら後は兄に任せて、家を出るのだという。

執念深い蔦

つくね乱蔵

少年時代の小泉さんには、自慢の秘密基地があった。

郊外の森にある洞窟がそれだ。友人の鳥山君と新田君と三人で、探検しているときに見つけた。

子供が二、三人くつろげる広さは、秘密基地にはもってこいだ。

入り口のすぐ横に大きな木が立っており、上手く入り口を隠してくれる。田舎町の退屈な午後を彩るには最適の場所だった。

小泉さん達は早速、遊び道具や漫画を持ち込み、基地の充実に努めた。

三人以外には教えない、動物は飼わない、合い言葉を決める等々、いろいろなルールを定めることで、より一層秘密基地は大切な場所になっていった。

夏休みを間近に控えたある日のこと。

いつものように小泉さんが秘密基地に向かうと、鳥山君が森から出てきた。時折、振り返りながら全速力で走ってくる。

「どうしたの」

声を掛けると、鳥山君は今にも泣き出しそうな顔で大変なことを言った。

「秘密基地に誰か入ってる」

一瞬、言葉を失った小泉さんは、すぐに立ち直り確認に向かった。怖いのは確かだが、このままにはしておけない。

少し離れた場所から、そっと観察する。

どうやら男性のようだ。ぼさぼさに伸びた髪、薄汚れたレインコート。まともな大人とは思えない。

これもまた薄汚れた袋から、何かを取り出し手掴みで食べ始めた。

基地に置いてある漫画本を見つけたらしく、食べながら読んでいる。食べ物で汚れた指を舐めながら、ページを捲った。

鳥山君が泣きそうな顔で睨みつけている。大切にしている漫画本を汚され、激怒しているのだ。

男は食事を終え、洞窟の奥に入っていった。すぐにイビキが聞こえてきた。時折、咳きこみながらも起きようとしない。

そうこうしているうちに、新田君もやってきた。

「どうしたの、二人ともこんなところで」

状況を話すと、新田君は小さく頷き、洞窟に近付いていった。

そっと中を覗き込んでいた新田君は、立ち上がって忍び足で戻ってきた。

「いた。寝てる」

小泉さんと鳥山君も洞窟に向かった。恐る恐る覗き込む。さっきの男が寝ている。遠くからでは分からなかったが、かなり臭う。

間違いなく浮浪者だ。三人は顔を見合わせて小声で話し合った。

「どうする。ここに住み着くかも」

「いやだ。追い出そうよ」

「でもどうやって」

良い方法が浮かばない。結局、その日は結論が出ず、諦めて帰るしかなかった。

翌日、三人は暗い表情で集まった。未だに良い方法は思いつかないが、とりあえず洞窟へ向かう。

あと少しのところで、先頭を行く新田君が立ち止まった。

黙ったまま、前を指差している。その方向に視線を向けた小泉さんは、思わず口を押さえた。

昨日の男性が、洞窟の前の木で首を吊ろうとしている。

太い枝に縄を掛け、何度も引っ張って強度を確認している。暫く縄を見つめた後、首を差し入れた。

まだ縄は握ったままだ。暫くして、差し入れた首を外した。小さく何度も頷いて、また差し入れる。

また外す。よしっ、と気合いを入れて差し入れる。また外す。

何度か繰り返し、男性は泣きながら首を入れた。今度は外さなかった。

子供三人とはいえ、助けようと思えば何とかできたかもしれない。

けれど三人は、恐怖のあまりその場を逃げ出してしまった。

森から遠く離れてから、漸く走るのを止めた。当然、警察に通報すべきなのだが、新田君が必死で止めた。

その理由を知った二人は唖然とした。新田君が持ち込んだ漫画本やゲームソフトは、全て万引きしたものだというのだ。

警察に見つかったら、学校や親にバレるかもしれないと泣き出した。

とりあえず、持ち込んだ物を全て回収してから通報することになった。首を吊っている横を通らねばならないのだが、それしか方法がない。

三人は重い足取りで洞窟へ戻った。男の両腕は力なく垂れ下がり、首が大きく傾いている。死んでいるのは明らかだ。

その横を抜け、洞窟へ走り込む。とりあえず新田君が持ち込んだ物を全て回収し、三人は再び男の横を通り過ぎようとした。

その瞬間、三人は同時に悲鳴を上げた。首に何かが絡みついてきたのだ。見るとそれは、木に巻き付いていた蔦であった。

必死になって外そうとしたが、物凄い力で締め上げてくる。三人はお互いに協力し、それぞれの蔦を外し、その場を離れることができた。

警察に通報する気力も失せ、何もせずに三人は家に帰った。

いずれ誰かが見つけるだろうと新田君が言い出し、小泉さんも鳥山君も賛同した。

これ以上、関わりを持ちたくなかったというのが本音だ。

その後、遺体が発見されたかどうかは分からない。少なくとも、親は話題にしていなかった。

洞窟に残してきた漫画本が惜しいのは確かだが、今更戻る気にもなれない。

中学生になる頃には、三人とも疎遠になり、高校を卒業する頃にはすっかり忘れてしまっていた。


今年、初夏に入って間もなくのこと。

何処でどう調べたか、鳥山君が電話を掛けてきた。

余りにも久しぶりだったため、最初は誰か分からなかったという。

鳥山君は近況を話した後、本題に入った。

「新田君が自殺したんだ」

鳥山君が教えてくれたところによると、新田君は自分の部屋で首を吊ったらしい。

その方法が変わっていた。縄ではなく、より合わせた蔦を使ったのだという。

発見されたとき、蔦は首だけでなく全身に巻き付いていたそうだ。

「なぁ、どう思う。これってあの男に関係してるのかな。何で今頃になって」

訊かれても分かるはずがない。とりあえず、葬儀には出席すると答え、小泉さんは電話を切った。

だが、結局、小泉さんは帰るのを止めた。

鳥山君も亡くなったからだ。母からの電話で知ったのだが、鳥山君も自分の部屋で自殺していた。新田君と同じく、蔦に巻き付かれた状態だったという。

小泉さんは、暫く考えて気付いた。鳥山君の家は、新田君の近所だ。もしかしたら、あの森から長い時間を掛けて蔦が伸びてきたのではないだろうか。

蔦は、毎日数センチ伸びるという。長い時間を掛けて、新田君と鳥山君の家に辿り着いたのかもしれない。

二人とは違い、自分だけは故郷から遠く離れた都会で暮らしている。

「だから無事なんですかね。流石にここまで蔦が伸びてくるとは思えないし」

そう言って笑う小泉さんだが、剪定鋏《せんていばさみ》は常に用意してあるという。

戒め

久田樹生

まだ昭和の頃だ。

高校生だった大野さんは、杉の角材を貰った。木刀より少し長いくらいだったと思う。

祖父の友人がやっている木工所から出たもので、どうして彼に渡されたのか覚えていない。

特に工作が好きな訳ではなかったが、鋸や鉋、小刀など家にあった工具で片側の端に握る部分を作った。素人の手作業なので削り跡がデコボコとした仕上がりだ。全体的に太く角張っている。更に握りの所に包帯を巻いて滑り止めとした。

何故こんなものを作ったのか。

当時の大野さんは不良少年で、よく似たような連中と喧嘩をしていたという。そのための武器として、貰った杉の角材を使おうと思い立ったのだ。

殴り合いは基本素手だが、準備する時間があれば鉄パイプ、盗んできたバットや木刀を用意する。特に集団同士だと有効な手段だった。

武器を持っての殴り合いでは当然大怪我するものも出る。しかしそれで逃げるのは根性なしの烙印《らくいん》を押され、不良仲間から蔑《さげす》まれてしまう。

それだけは避けなくてはならなかった。

件の〈貰った角材で作った武器〉を使い、初めて他人を殴り倒した翌日、大野さんは高熱を出した。

それだけではなく顔と手足が腫れ上がってしまった。病院へ担ぎ込まれたが、原因は不明である。入院して詳しく調べないといけないらしい。

四人部屋で唸りながら寝ていると、同居している祖父がやってくる。何故か左手首から掌に掛けて包帯が巻かれていた。

付き添いの母親に席を外してほしいと祖父は頼む。カーテンを閉じた後、開口一番、彼はこんな言葉を口にした。

「お前、貰うた角材ば、間違うて使うとおぞ」


昨晩、祖父は夢を見た。いや、正しくは夢の中で声を聞いた。

その声は重々しい男性のものに聞こえた。

〈お前ん孫が、よか杉ん木ば与えられたとに、間違うた使い方ばしとっぞ〉

木工所にたまたま持ち込まれた杉の材は、よき場所で正しく育ったものだ。これで道具を作って使えば運気も上がる代物である。それなのにあのようなものに使うとは何事だ。だからお前と孫に罰を当てて、知らしめてやる——そう声が告げた。

祖父は激痛で目が覚めた。左の手首が酷く腫れており、曲げ伸ばしができなくなっている。病院へ行かないといけないが、これは夢の中で聞いた声の言う通りの出来事ではないか。ならば孫に伝えるべきだろうと考え、大野さんの部屋へ行く。ところが高熱や腫れで孫は苦しんでいた。これから病院へ連れていくらしい。嗚呼、これはそういうことなのだろうと一瞬で理解した。

「お前は、人に振るうために、杉ン角材ば使うた。それが間違えたことやけ、俺もお前もこげんことになっとうぞ」

祖父の左手首の腫れも医者曰く原因不明であるらしい。淡々と話される祖父の言葉を聞いていると、何故か涙が溢れてくる。いつしか祖父も泣いていた。

同時に、身体が楽になっていく。気が付くと眠りに落ちていた。目が覚めると祖父の姿がない。帰ったと付き添いの母親が教えてくれる。知らぬうちに熱も腫れも引いており、医者も目を丸くしていた。

翌日家に戻ると、祖父の左手首も治っている。

思わず座敷で土下座すると、祖父は頭を上げろと笑う。

二人で杉の角材を綺麗に洗い清めた。喧嘩で使ったせいで一部が欠け、真ん中辺りにヒビが入っている。握りの包帯も取り去り、木工所で加工し直してもらった。

杉の角材は、四膳の箸に姿を変えた。

ヒビがなかったらもう何膳か作ることができたらしい。大野さんは祖父母と父母にその箸を渡す。祖父から事情を説明された皆は、その杉の箸を丁寧に使った。おかげで随分長持ちをしたという。


杉の箸を使い始めてから、大野家に平穏が訪れた。

大野さんがこれまでのことを反省し、真面目になっていったからだ。それに比例するかのように、次第に家の経済が上向き、周りに良き人も増えていく。

その後も大切に使っていた杉の箸だが、流石に限界が来た。棄てるには忍びないと、綺麗に洗った後、家のタンスに仕舞われた。

今も、四膳の杉の箸は大野家に残っている。


大野さんは現在小さな会社を興して奮闘している。

社会貢献やボランティアにも積極的だ。

家庭では妻、息子二人と娘一人、父母の七人で暮らしている。祖父母はすでに鬼籍に入った。

そんな彼だが、あの高熱と腫れの後遺症か、左手の指に上手く動かない部分が残っている。

これがそうだと、数本が曲がったままの指先をこちらへ見せた。

「これは戒めだと思いますけん。忘れるな、という」

不良になり、人を殴った、怪我をさせた。悪いことをして無辜《むこ》の人を傷つけた。そのことに変わりはない。そしてそれに対する償いは今も済んでいない。

――オイは死ぬまで償いますけん、見とってください。

材

久田樹生

木製伝統楽器職人の某氏が言う。

楽器製作には素材である木材の質が大事だが、それ以外にも重要な点がある、と。


氏の工房には木材がストックしてある。

材は乾燥させつつ保管してあるが、中には古い民家を解体したときの材も存在する。このような昔の家に使われていた木材は昔日の木が使われており、質が良い。

だからなのか、民家から出た材で作る楽器が、時にすばらしい仕上がるになることがあった。

音も最上で、クライアントの満足度も高い。

そんな材は刃を入れた瞬間、何とも言えぬ香《かぐわ》しい、新しい木の香がする。再び木が呼吸をし始めたが如くだ。また出てきた木肌も美しく、目を奪われそうになる。


が、真逆のケースもあった。

民家の材なのに、非常に音がよくない楽器になるパターンだ。購入主に渡すことができないので、廃棄処分する他ない。

このようなときはこれだけで済まないこともある。制作中に各種トラブルが増えた。

例えば、いつも通り集中して加工しているのにも拘わらず、工具で怪我をする。指先を切る程度ならまだしも、掌や腕、時には太腿や脛に大きめの傷を負うことがあった。工具の刃先が不自然に滑るのである。プロの職人としては恥ずべきことだが、どう注意していても狙い澄ましたかのように怪我をしてしまう。

また、加工の合間に用事で外に出ると、やたら事故に遭いかける。自転車やバイク、車が突っ込んでくるのだ。横断歩道を歩いているとき、猛スピードで曲がってきた車に引っかけられそうになったこともある。回避の判断が遅かったら死んでいただろう。

また、作業中に自分や近しい人間が病気や怪我をすることが多々あった。それだけではない。時には不慮の事故でこの世を去る人が出てくることさえあった。

更に自宅や工房の水に異常が発生した。赤錆びたような水や黒ずんだ水が出る。白い手ぬぐいなどを洗うと如実に赤茶や薄黒に染まるのだ。当然不味くて飲むこともできない。

同じ民家の材で、何故ここまで違うのか。あるとき、然るべき人物に相談してみた。

「話は単純で、よくない家から出てきた木材を使っているからだ」

よくない家とは自死や殺人、事故死などの特殊な死があった家、或いは間取りが悪く住んでいた人たちに禍が降りかかり続けた家のことを言うらしい。

禍々しいものを吸った家の木材だから、曰くが付いた。そんな木材を楽器に仕立てるなど理に反することをすれば、邪魔が入るだろうと断言する。

そもそも音には魔を祓う力もある。神と交信、交歓にも使われるものでもある。それだけの力があるものだからこそ、そんな木材で作られた楽器だと力が悪い方へ逆転してしまう。よくない家の木材で作られた楽器が、作る側にも、持つ側にも不幸を呼ぶのはそう言った理由があるのだ、とその人物は説明した。

加工前に祓いをすればある程度問題なく使えるようになることもあるが、余計に悪化させるのだと忠告された。

〈アンタも職人なら、使って良いものか悪いものか、分かるようになりなさい〉

判別方法を教わったが、かなり感覚的なものだ。努力したおかげで、某氏はそれを身に付けることができた。今は悪い材を除外することができる。

だが、偶に油断するとおかしな材を引き当ててしまう。まるで何かに騙されたような感覚だ。途中で気付けたときは加工を止める。そのまま問題の材の残りと合わせてお祓いし、焼いて処分するようにした。

そういえば、と某氏が更にこんな話を教えてくれた。

新規の顧客や新しく出会った人で、初対面のときから少し気に入らない感じがすることがある。我ながら失礼だなと思うのだが、その印象が拭えない。

時々そういう人たちの家に呼ばれる。人付き合いの一環だと渋々了承し足を運ぶのだが、門の前に立った瞬間から嫌な気持ちになる。

我慢して屋内へ入ると、何かがおかしい。不自然な造りだと直感してしまう。次に全身にアラートが鳴り響くような感覚が襲ってくる。できるだけ短時間でその家を辞するのだが、その日のうちに体調を崩すことが多かった。

多分、こういう家が〈よくない家〉なのだろうと某氏は言う。

年季の入った家以外に、現代的デザインの新築家屋でも同じことがあったようだ。

その後はそう言った顧客や人物と距離を取るように気を付ける。ただし、自然に向こうから縁遠くなることのほうが多い。

君子危うきに近寄らずと言いたいところだけど、顧客の家に呼ばれたり、様々な材を仕入れたりするから、自衛するしかない――某氏の口調は達観していた。

バルサ

久田樹生

アサミさんが高校二年生の頃だったと言うから、今から八年ほど前だ。

当時の彼女は酷いイジメに遭っていた。

きっかけはよく分からない。クラスの女子の中心だったユマから何かを強要され、それを毅然《きぜん》と断った辺りから標的にされた。

物を隠される。無視をされる。集団から外される。陰口を叩かれる。悪い情報を流され、他のクラスから他の学年までそれが周知される。

ここまでならまだ耐えられる。いや、それではよくないのだが、彼女は耐え忍んだ。

虐める側からすればこの態度が面白くなかったのだろう。イジメはエスカレートしていく。暴力的な行動にも出始めた。ユマの親しい男子達もそれに加わる。

詳細なイジメの内容を聞いたが、どう考えても犯罪である。それでも学校も教師も護ってくれない。彼女は独り苦しみながらも、親に隠した。心配させたくなかったのだ。

もちろんアサミさんには何の瑕疵《かし》もない。ただ、ユマにターゲッティングされただけだ。ユマの犠牲者は、アサミさんを除いて三名はいたと思う。その全員に何の落ち度もなかったとアサミさんは語る。

高校二年の三学期、アサミさんの限界が来た。

耐えてきた反動で、極端な行動に出るようになっていた。

ただそれれば自分に対する暴力――自傷行為――や、外部に対する暴力、登校拒否などではない。単純に言えば、イジメに荷担したもの全員を呪う行為を開始したのだ。

一度呪うと決めたら、やけに頭がすっきりする。至極冷静だ。ネットを使えば呪いの方法はすぐに調べられる。

藁人形を使った丑の刻参りがメジャーな方法だった。

それを参考にし、虐めてきた人間全員分を呪うと決める。が、人数が人数なので、ある程度儀式を簡略化しなくてはならない気がする。そこで重要なことだけを抜き出した。

丑の刻である午前二時くらいに何処かの木に人形を打ち付けること。その際、呪う気持ちを乗せて釘を打ち込むこと。それを人に見られないように完遂すること。これだけは厳守するのだと自分に言い聞かせる。

まず人形を製作した。だが、藁人形を作るのはハードルが高かった。

そこでＤＩＹ店から薄手のバルサ材を買ってくる。柔らかく加工し易い木材だからだ。

厚さ十ミリのバルサ材を十センチ×十センチに切り出し、板状に加工する。そこへピクトグラムのような人の絵を描いた。そして〈ユマ〉など、クラスメイトのフルネームをサインペンで念を込めて書く。バルサ材の導管にインクが滲むので、できるだけ読み取れる形になるよう努力した。

用意した人形の数は、二十五枚になった。

これを打ち込む場所は、自転車で行ける心霊スポットに決めた。ネットで調べたところ、有名なスポットがあったのだ（名称や特徴を記すと限定されるので割愛する）。丑三つ時にそこへ行き、釘が打ち込める所へバルサ材を打ち付ける。ゆっくりと相手を呪詛しながらなので、一枚終えるのに数分以上掛かった。そして有名スポットのため、時々人がやってくる。そのたびに見つからないように身を隠したのでなかなか物事が進まない。結局、二十五枚を呪い終えるのに六日掛かった。

バルサでの呪いの後、高校三年に上がってからもイジメは続いた。

だが、梅雨を迎える前だった。ユマの父親が事件を起こした。

ユマの父親は経営者で、所謂資産家である。しかし犯罪者となればそのステータスも消え失せてしまう。当然ユマ自身にも世間の冷たい目が向けられた。そしてこれまでユマの下に付いていた者達が一斉に反旗を翻《ひるがえ》した。

――ユマはイジメのターゲットにされた。が、すぐに彼女は学校を辞めた。私立校だったので金銭的な問題もあったのかもしれない。

その後、イジメに加わっていた者から数名退学処分になった。イジメが原因ではなく、彼らの素行不良が招いた結果だった。また部活中に後遺症が出るレベルの怪我を負ってしまい、将来を棒に振る人間も出てきた。

呪いの効果ではないかと思えることはこれくらいだった。他には何も起こっていない。

もちろんこれら一連の出来事が呪いの力や成果であったのかも分からない。

ユマがいなくなった後、アサミさんが虐められることはなくなった。が、然《さ》りとて仲が良いクラスメイトが改めてできる訳でもなかった。

彼女は必死に勉学に励み、良い大学へ進んだ。そして望みの会社へ入ることもできた。今は仲が良い同僚も増え、張りのある毎日を過ごしている。


取材終盤、アサミさんが呪いを行っていたとき、何もなかったのか訊ねた。

彼女は逡巡するような表情を浮かべる。そして口を開いた。


初日のことだ。スポットへ着くと酷く寒い。

真っ暗な中、荷物を入れたバッグを持ち、用意していたライトで足下を照らす。しかし不慣れなためか、とても歩き辛い。

バルサを打ち込めそうな場所を見つけた。最初に取り出したのは、イジメに加わったがそこまで率先して行動しなかった人間のものだった。

罪の浅い者から深い順に呪っていくと決めていた。だから最後はユマで、たっぷり時間を掛ける予定だった。

ライトを足下に横倒しにする。それが明かりの代わりになった。

防寒用の手袋を軍手に着け直し、金槌と釘でバルサを打ち込んでいく。

金槌の音は予想より大きかった。繰り返し金槌を振るっていると、反響音が人の喋り声のように聞こえることを発見した。

実際にやってみた結果、スポットでの呪詛は午前四時までに一旦終えると決めた。親に黙って外に出ているのだ。気付かれてはいけない。日が昇る前、まだ親が眠っているうちに戻る必要があった。

翌日は二度目ということで慣れてきた。

昨日とは少し違う場所でバルサを打ち込んだ。釘が軽く中へ入っていくので、これだと固定されないのではないかと板を引っ張ってみたが、びくともしない。これでも大丈夫なのだと安心した。そしてやはり打つ音は人の声に聞こえた。

三日目。

この日は小雨が降っていた。寒いはずだが、それを感じない。

バルサを打つ場所を少し奥へ変えた。そのせいか金槌の音が反響しない。必死に打ち込んでいると、獣の唸り声のような反響音が始まった。場所で音が変わるのだと思った。

この頃から金槌を握る右手の指が上手く伸ばせなくなった。曲げているとよいのだが、開こうとすると関節に痛みが走る。力を込めて打ちすぎているせいかもしれなかった。

四日目は三日目と同じ場所にする予定だった。

現地に着くとスポットの入り口に車が一台停まっていた。

案の定男女の先客がいたが、彼らが帰るまで隠れてやり過ごす。

バルサを打っていると、背中側、左右の肩甲骨の間に何かが触れているような感覚が生じた。冷たい板のようなものを押し付けられているような感じだ。振り返ったり、手で確かめてみたりするが、何もない。無視しながら釘を打っていると、途中から手足の先が熱くなる。

金槌の音はやけに金属音が際立った。

五日目。到着したとき、また先客の気配を感じた。

入り口に近付くと微かな悲鳴や笑い声、話し声が響いている。それは次第に奥からこちら側へやってきた。身を隠していると、声は再び奥側へ戻っていく。

自転車やバイク、車がなかったから、誰もいないだろうと油断していた。隠れながら中へ入る。耳を澄ますとやはり人の声と気配があった。見つかると呪詛の効果がなくなる。物陰に隠れ、長い時間を過ごした。声が聞こえなくなってからバルサを打ち始める。

この日はやけに打ち辛かった。そして何か異臭のようなものが漂っていた。飲食店近くにある溝の悪臭と、豚骨ラーメンの膠臭《にかわ》さがミックスされたようなものだ。何度か嘔吐《えず》きながら打ち終えた。

六日目。残すはユマを含む三枚分のバルサだった。

打ち込む場所は決めていた。

呪い開始前、昼間下見をしたときに見つけていた所である。スポットの一番奥、一番人に見つかり難いと思われる場所だった。そこは林になっているのだが、地面が上下しておりとても歩き辛いところでもあった。

当日も丑の刻で、真っ暗だった。ライトがあっても足下に何かが引っかかり、数回転びかけた。必死に林の中を進んでいった先、目星を付けていた木が出てくる。

ひと抱えもあるような太さの幹は、捻れたようになっていた。ライトで照らして見上げれば、太い枝が左右に大きく広がっていた。種類は分からないが、杉や檜《ひのき》ではないことは確かだった。

最初に二枚打ち込んだ。金槌は鈍い音だった。釘もなかなか入っていかない。

やっと打ち終えた後、ユナのバルサを取り出した。

丁寧に釘を打つ。呪詛の言葉を吐きながら、ひと打ちひと打ち、念を込めた。

できるだけ苦しめたい。だからたくさん金槌を振るいたい。そんな思いが通じたのか、一度に入る釘の量は僅かだった。

夢中になって打ち続ける。数十回か、下手したら百回以上は打った。

そろそろ釘が全て入る。ここまで誰にも見つかっていない。これで成就する。ある種の達成感の中、急に自分が置かれている状況を理解する。

深夜の心霊スポットで、一人呪詛を繰り返す奇怪な行動。不意にとんでもない怖気が迫ってくる。

早く逃げないと。落ち着きを失ってしまう。だが、同時にバルサを打ち込んだ木の裏側が異様に気になった。回り込んで覗き込まないといけない。どうしても、そうしないといけない。それをしないと呪詛は完成しない。ここまでの苦労がすべて水の泡と化すだろう。そんな強迫観念に似た感覚が襲ってくる。

足下に置いたライトを手にし、立ち上がって、恐る恐る光を木に向け——。

いつの間にか自転車に跨がってペダルを漕いでいた。

何故か肩で息をしている。吐き気すら覚える疲れがあった。

家に続く道路の上を走っている。籠にバッグが入っていた。スマートフォンは上着のポケットに仕舞われている。確かめると時刻は午前五時だった。いつもの帰宅時間より遅い。

忍び込むように家へ戻って自室の常夜灯を点ける。アウターを脱ぐと、何故か中に着ている服が泥だらけになっていた。手の爪も真っ黒だ。手のひらにも泥汚れがへばり付いている。靴下を脱ぐと、足裏も土で汚れていた。そして土踏まず周辺を中心に、数箇所切り傷や何かが刺さったような痕があった。もちろんこんな汚れ方や怪我をするようなことはした記憶がない。

バッグを確かめると、金槌と残りの釘がなくなっていた。

今日の行動を思い出そうとするのだが、あの木の裏側を覗こうとライトを照らしたところで途切れている。必死に思い出そうとする途中で、何故か吐いてしまった。両手で受けたが零してしまう。殆どが苦い胃液だった。


呪詛を掛けた六日間の話はこのような内容だった。

今考えると、何処かおかしくなっていたのだとアサミさんは苦笑を浮かべる。

そして最後の日、全身に付いた泥汚れと傷の理由は今も分からない。当然、途切れた記憶は今も取り戻せないままだ。

記憶が欠けているというのは、嫌な気持ちだと彼女は顔を曇らせる。

そして、こんな言葉を漏らした。

――たくさん呪詛を行ったせいでしょう。それなりに取られるものがありましたよ。

その言葉の通り、アサミさんはいろいろなものを失っていた。

詳細は書かない。彼女のプライバシーに直結するからだ。

呪詛の対価でなくしたものは二度と取り戻せない。そしてそれは、とても辛いものだと書き添えておく。

先触れ

久田樹生

伴さんの実家は、岐阜県にある。

そこには一振りの刀が保管されていた。

彼が聞くところによれば〈さほど古いものではない。新々刀ではないか〉という。新々刀は江戸時代後期から明治時代の廃刀令までに作刀されたものだ。

伴さんの父親やその父――祖父らが言うには、

「物としては三流品であるが、伴家が大事に保管する必要がある刀だ」

彼がまだ子供の頃、見せてほしいと駄々をこねたことがある。しかし祖父達は許してくれなかった。まだ幼いから怪我でもしたらよくないという理由だ。

それから何年も過ぎ、高校に入学した後に漸く目にすることができた。

家の奥にある納戸の中に、桐の箱があった。中央部を組み紐で縛ってある。箱の外側には何も記されていない。

桐の箱は仏間へ持ち込まれた。蓋を開けると刀袋に入った刀本体がある。刀袋は無地ではなく、色褪せた赤い柄ものだった。何となく着物を再利用した物に見えたが、祖父も父もどんな経緯を経たものか知らないと首を振る。

袋の中は白木の柄と鞘の日本刀だった。どちらも朴《ほお》の木ではないかということだった。

祖父が丁寧な所作で抜く。刀身の手元に近い部分の金具――ハバキに家紋らしきものが入っていた。木瓜紋《もっこうもん》の中身が抜けたような紋で、瓜輪《かわ》紋に近い物だ。

抜かれた刀身は錆や刃こぼれこそないものの、所々に曇りがあるような気がする。

持たせてもらったが、想像より重く感じた。両手で握っても前方へ引っ張られるような感覚を覚える。重量バランスが偏っているからかもしれない。

祖父が桐の箱へ刀を収め、伴家に伝わる話だと前置きしてから話し始めた。

――この刀は明治になる少し前、この地にやってきた伴の家が買った。

元々伴家は違う土地に住んでいた。岐阜に来た理由は、当時の伴家の家長が祈祷師から〈岐阜へ住め。それが伴家のためである〉と言われたからだった。住む場所に関して、細かい条件も入っていたらしいが、どんな内容だったか今は失われている。

岐阜に来た後に刀を買った理由も、〈その地で護り刀として刀を買い、持て〉という祈祷師の指示による。伴家は遠い昔は侍であったが、何らかの理由で身分を棄てたらしい。それでも刀を所持せよということだったので、伴家家長は転居後にひと振《ふり》の刀を手に入れた。

それが伝来の桐箱に入っているものである。

元は誰かが所有していた刀を買い取ったもので、それなりに立派な拵えであったようだ。

ところが手に入れてからというもの、数々の不運が襲ってきた。

家長が病に倒れる。その妻が片目を潰す。跡取り息子の子、家長の孫が急死する。病に罹《かか》った家長が無理をして仕事へ出ようとしたとき、転んで右腕に怪我を負った。その傷から腕が腐り始め、最後は亡くなってしまった。

これはいかんと跡取り息子が元いた場所の祈祷師へ手紙を書いたが、返事がない。仕方なく岐阜の祈祷師に助言を仰いだ。

祈祷師曰く〈護り刀として家に入れたものは、護りになっていない。多分人と獣を斬っている〉。では手放せば良いのかと訊けば、それでは駄目だと言われた。既に伴家と関わりができた。手放せば伴家が絶える。だから持っておけ、家に仕舞え。きちんとしてやるからと指示された。

その後、祈祷師が何処からか木材を持って訪ねてきた。

〈これは○○にあった倒れた御神木から切り出してきたものだ。朴の木である。これを使って柄と鞘を作り、前の拵えと取り替えろ。ただし、白木のままにすること。ハバキはこれを使うように〉

伝手を頼って、木を加工し、祈祷師の言う通りにした。外された鍔《つば》や鞘などは祈祷師が始末すると持ち去っていった。

祈祷師は〈これで大丈夫だ。真の護り刀になった。この後は何処かへ祀ることもしなくてよい。家の奥に封じるべし。ただし刀身や柄、鞘が傷まぬよう年に数回取り出して手入れをしてやることだけは忘れないこと、それは必ず家長がやることだ〉と教えてくれた。

ところが祈祷師の言う通りにしても、伴家を凶事が襲った。

件の刀で、跡取り息子が自身の一物を突き刺したのだ。

その傷が悪化し、死に至った。不幸中の幸いか、跡取り息子は妻のお腹に忘れ形見を残していった。生まれると男の子で、伴家は続くことになった。刀も綺麗に手入れし直され、家の奥へ仕舞われた――。


伴さんは驚くしかなかった。寝耳に水としか言えない内容に狼狽えてしまう。

話を聞いた時点では、祖父が主に刀の手入れをしていた。父親はその補佐役である。

「お前も十五になったで、(刀の曰く、手入れの仕方を)教えることにした。お前が伴家を継いだら、手入れだけは怠ったらいかんぞ」

正直、凄く厭だった。前時代的な曰く付きのアイテムなど受け継ぎたくない。しかし祖父と父の圧力が凄く、頷くしかなかった。


それから長い時間が過ぎ、伴さんは二十代後半に家庭を持った。

妻と息子の三人で岐阜市のマンションに住んでいる。

今、実家にいるのは父方の祖父母と父母、妹だ。偶に息子を連れ実家に顔を出すと、皆喜んだ。孫が来たからだけではない。伴さんの息子、所謂内孫が男の子でよかった、将来この子に刀を任せられるという意味を含んでいた。

が、そうはさせないつもりだった。この頃になると伴さんは刀の曰くを「ただの言い伝えだ、そんなものなどない」と思うようになっていた。邪魔する人間がいなくなったら売り飛ばしてしまおうとすら考えていたのである。

しかし、二〇二三年の三月だった。

伴さんが息子を妻に預け、単独で実家を訪れたときだ。

祖父と父親があの刀の桐箱を取り出してきた。大晦日のとき手入れしたが、今年になって一度も開けていない。ちょうどよいから手入れの仕方を覚え直せと彼らは宣《のたま》う。

面倒だなと思いつつ、渋々付き合った。教わっても覚える気すらなかった。

箱を開け、刀袋から取り出された刀を一目見るや否や、祖父と父親が呻き声を上げた。

刀の柄と鞘にヒビが入っている。

木目に沿った縦長のものもあれば、逆らうように斜めに入ったものもあった。柄と鞘、両方で少なくとも五箇所以上ある。どれも深い。

大晦日のときは無事だったと二人は顔を青くしている。

信じなくなっていたとはいえ、伴さんも思わずたじろいでしまった。実は、彼はこんなことも聞かされていた。

〈祈祷師は、御神木の柄と鞘だから滅多なことで壊れることがないよう呪《しゅ》を掛けてある。そもそも白木の柄と鞘は刀の保管に適したものであるから理に適っているだろう〉

確かに江戸後期か明治初期のものにしては、異様なほど綺麗な柄と鞘だった。祖父と父親は少なくとも曽祖父の代からこのままだと言っていた。ただ、それが呪の力かどうかは判断が付かない。朴の木の加工品がどれくらい持つのか、その前提すら知識がないのだ。そもそも大事に保存しているのだから、綺麗なままであることも当たり前だろう。

だが、現実問題として、目の前の柄と鞘には幾つも割れ目が生じている。

祖父と父親は、只々狼狽えた。刀の曰くを無視しようとしていた伴さんでさえ、声を失ってしまう。残された祈祷師の言葉、その続きに理由があった。


——柄と鞘が壊れたときは、先触れである——。


ただし、どういったことの先触れなのかは、失伝していた。

どちらにせよ補修したほうがよいだろうと、祖父達はいろいろ聞き回る。その間もヒビは段々と酷くなっていく。

元通りにはできないが、という条件付きで何とか直してもらえた。だが、傷跡がはっきり残っている。新規に作り直したらどうかと勧められたが、その材料はただの木材で御神木ではない。だから断った。

現在、伴家の刀は納戸に収められている。家に変事や不幸はない。そして修理をしてくれた人も無事だった。

長い年月の果てに刀の話は既に形骸化し、何の問題もなくなっているのだろうと伴さんは考えている。と同時に、何処か不安を感じてしまうという相反した気持ちを抱いているのも事実だ。ともかく、このまま何事もなければ良いと思いつつ——伴さんは二〇二四年、三月末に祖父と父親の三人で改めて刀を確かめた。

また、柄と鞘が割れていた。修理した場所とは違うところだった。

壊れぬよう祈願された柄と鞘が何故か割れた理由も、先触れが何を示すかも分からないまま、今もまだ伴家に刀は眠っている。

木の話――黒部老とお山

久田樹生

黒部昭義老に出会ったのは、二〇二〇年より少し前だった。

当時七十半ばを過ぎていた彼だが、背はまっすぐで足も丈夫。口も達者であった。

だが、偶に口籠もり、言葉少なになる。

何度か顔を合わせた後、その訳を教えてもらった。

――これから記すのは、黒部老の告白である。


黒部老。いや、過去の話だから昭義氏としよう。

昭義氏は戦後すぐに生まれた人間だ。

ある事情があって一時期里子に出されている。その後、本州にある生まれ故郷へ戻った。

故郷は山間の町で両親は健在だったが、兄は戦地で帰らぬ人になっていた。

昭義氏はその兄と十八歳ほど離れている。跡取りがいなくなったから、昭義は無理やり作った子だと口さがなく言うものは多かった。


この町には昭義氏の親族が何軒も寄り集まるようにして暮らしている。

本家筋の黒部家――昭義氏の家と、幾つかの分家である。

本家筋と言っても分限者（物持ち。金持ち）ではなく、単に過去から続いている直系の血筋であるだけだ。そこまで金持ちではない。分家も同じくで、誰もが慎ましい暮らしをしている。それでも親族間で黒部の家は本家であると尊ばれていた。

その分家の家々でも戦争に取られた息子や働きに出ていた娘を失ったところも多い。

戦後は血の繋がった親戚同士で足りないものを補い合いながら、生きていくしかなかった。


黒部家を継ぐのは昭義氏に決められた。故郷へ戻って十数年後のことだ。

跡取りであった兄の代わりである。そして父親は年齢と持病のせいで、何時死出の旅路に就くか分からない。だから年若いが昭義氏に黒部の家長となれ、という話であった。

黒部本家の血を絶やす訳にはいかないから、お前を作ったのだと明言されたのもこのときである。ある意味、町の人間の言っていたことは正しかった。

では、どうして血を絶やせないのか。

黒部家及び分家が敬う大切な山がある。ここを護るためだ。

その役目は本家の家長のみが赦されている。だから、直系の血筋を残すのは本家の役割になる。江戸期に一度本家が絶えかけたこともあったらしいが、何とか持ち直すことができたと伝わっていた。本家が駄目なら分家が、という話ではないらしい。理由は失われているが、兎に角山を継いで護るのは本家の役目だった。

その山には地図に載るような正式な名前がある。

だが、黒部家と分家はそこを〈お山〉と称していた。地図上の名前以外の名もあるのだが、それを口にするのは憚《はばか》られるためである。もちろんここでも記載しない。

お山そのものは黒部家の持ち山だ。

町の外れにある麓から山頂へ向けて登る山道があった。その入り口には石造りの祠が置かれており、そこから道に沿って上ると普通に山頂へ辿り着く。途中のガレ場がやや足場の悪い道だが、そこまで険しくない。この道を黒部家はオモテと称した。

だが、黒部家の家長になると、それとは別の道を伝えられる。昭義氏も先代である父親から教わった。まだ足が動くうちにということで、かなり急な話だったことを覚えている。

その道はトウダンと呼ばれる。意味は父親も知らなかった。

トウダンは黒部の家長と、その跡継ぎだけが登って良い道だ。

麓の祠からオモテを登り始めた後、途中から脇へ逸れる形でそのトウダンへ繋がる道になる。木々の間に残された獣道のように分かり辛い登り坂だが、幾つか目印となるものがあった。

その見分け方は家長から跡継ぎだけに伝えられた。

トウダンを進んでいくと中腹辺りに浅めの洞窟があり、そこにも石の祠があった。

更に進むと、山頂近くに一本の木が出てくる。杉の古木だが、大人の男二人が両手を繋いでやっと囲むことができるような大木だった。

周囲に木々があるせいか、麓から見ても目立たない。だが、山の中で目にすると、異様なほど存在感がある。その姿は偉容という言葉で表現してもおかしくない程だった。

この木の根元は洞になっており、そこに漬け物石くらいの石が祀られている。形は平たく潰した卵のようだ。表面に何かが彫られていた形跡はあるのだが、摩滅しており判別できない。

その石の裏にも何かが置いてあった形跡があるが、昭義氏の時代にはなくなっていた。

木の裏側はほぼまっすぐな登りの山道に繋がっている。木と木の合間、辛うじて人が一人通れるくらいの道幅だ。

少し進むと縄が張ってあり、禁足地となっていた。ここから先に進むのは黒部の家長も赦されていない。しかし山頂から下ってきたり、別の道から迷い込んだりすれば、侵入する者も出てくるのではないか、と昭義氏は父親へ訊ねた。が、そういうことは起こらないのだと言い切る。禁足地には人除《ひとよけ》の術が掛かっているらしい。

そもそもオモテから山頂に登ると、トウダン側は険しい崖になっているのが見下ろせる。簡単に進めないような難所である。もし誰かがオモテから登ってきたとしても、下るときはトウダン側を選ばないはずだ。

また、昭義氏の父親が言うには「大木の裏側、その道の先にあるトウダン側禁足地への道も人に入られないよう人除の術が施してある」らしい。

昭義氏の父親がは試しにと縄を越えて進んだことがあった。だが、数間（一間は約一・八メートル）すら進まないうちに足が萎えた。両腕で這いずるようにして縄の外へ出ると、急に足に力が戻ったという。他、山頂側からロープを使って下りようとしてみたが、その寸前、崖の上で手足が萎えてどうしようもなくなる。転がるようにそこから離れるしかなかった。もちろん、その後に回復したことは言うまでもない。

トウダンも、禁足地の道も這入っただけでこのようなことが起こる。だから心配せずとも問題ないだろうと父親は断言した。

このトウダン側にある禁足地への道に張られた縄は年に一度、雪解けの後に張り直す。黒部家で〈約束事に沿って編んだ縄〉を使うのだ。

お山に対するこのような決まりごとは他にもあった。

例えば、お山に黒部家や分家（オモテ側のみ）が入るときは殺生を禁じている。だからここで猟を行わない。虫や小動物も殺さずに逃がす。草花や木の枝も手折《たお》らない。木の実など、自然に落ちているものは拾って良いが、持ち帰ってはならない。他、細かい決まりが多数あった。

家を継ぐとき、お山の伝えだとして昭義氏は父親から改めてこんな説明を受けている。

――お山は、黒部本家の家長が護らないといけない山。

そして死した黒部の本家と分家の人間があちらへ渡るために登る山。

死後、黒部の人間の魂魄《こんぱく》はこの山を目指す。麓から入った後、石の祠二つとトウダンにある大木を目印に登るのである。死した後なら教わらずともトウダンの道が分かるようになっている。

大木に着いたらそこで一泊し、翌日に山頂へ進む。使うのは縄の先、禁足地への道だ。

禁足地側の山頂へ着くと、あちらへ行く道が出てくる。それを渡っていくことになる。

また、年に一度、亡くなった黒部の御先祖（※実際は御先祖という言葉ではない。それを意味するという単語だったが、ある事情で伝わり易い御先祖へ変更した。これ以降も同じく御先祖表記に統一した。御了承いただけると幸いである）が新暦九月末日にあちらから戻ってくる。

そのときも禁足地を通って、山頂近くの木を目指してくる。麓へ向けて下ってくるときも祠が道標である。麓以降はそれぞれの家へ入っていくが、数日間滞在してから再びお山を目指して出ていく。

その際、黒部本家は家の仏壇に祭壇を設け受け入れる準備を行う。期日は九月末日朝までだ。

その役目は家長が担う。他の家族や分家の者は一切手を出してはならない。

そして分家は祭壇など作らない。日が落ちた後、御先祖が帰ってきたとして、素麺か茄子の汁を振る舞うだけである。この素麺か茄子の汁は本家でも作る。

古伝だと準備を終えた家長はお山の大木まで迎えに行っていたようだ。しかしある代の家長が暗い山道で遭難しかけてからやらなくなった。

迎えの祭壇はお盆のものに似ているが、野菜などは供えない。変わりに誂《あつら》えた小さな木箱が必要だ。白木で組んだもので、釘は使わない。大きさや形は硯箱《すずりばこ》に似ているが、天面の中央に丸い穴を開ける。ピンポン球の直径くらいのサイズだ。その箱を帰ってきた御先祖の仮宅とし、宿泊してもらう。

このような細かい決めごとは口伝《くでん》で伝えられた。

その中に「黒部家の家長は、お山へ行く者や帰ってくる者の気配を感じる。分家筋は感じ取れない」とあった。

この気配は少し賑やかに感じる程度である。だから帰ってくる御先祖の人数はさほど多くないようだった。本家と分家、併せて十数名の感覚だろうか。昭義氏の父親は「想像だが、御先祖様は決められた人数で組を作り、順繰り順繰りに帰ってきているのではないか」と語っていた。

あとお山のオモテは黒部の関係者以外でも登って良いが、トウダンは分家でも赦されない。ただし、本家家長と跡継ぎにしか伝えられないのだから、当たり前だろう。

元々黒部家家長と本家と分家の入り婿や嫁はお山へ入るなと命じられている。その子は黒部の血を引くのでその限りではない。

本家および分家の入り婿や嫁は死した後も、お山へ登れない。もちろん血が繋がっていないからだ。亡くなった彼らは、別のところへ行く――。

〈戦争で亡くなったお前の兄も、お山へ登った〉

昭義氏の父親は、お山に向かう兄を見送ったと涙を流した。

――戦時中の夕暮れ時、家の入り口に誰かが立った。

跡継ぎになるはずの息子、昭義氏の兄だった。兵隊の服で、足にゲートルを巻いている。

お前帰ってきたのか、早く入れと言えば彼は首を振った。

深く一礼して、顔を上げたかと思えば家の敷居すら跨がずに、立ち去っていく。

父親が後を追うと、その姿は既に遠くなっていた。進む方向はお山の方向だった。

おおい、おおいとその名を呼び続けながらその背中を追いかけたが、そのまま火の玉になってお山へ向けて飛び去ってしまった。

ああ、あの子は死んだのだ。死んでお山へ登るのだ、と全て理解できた――。


お山の伝えに関し、昭義氏は神道や仏教と似て非なるものだと思っている。

町でお山のことを知るのは黒部家と分家だけである。町全体の人の総数からすれば少ない。

これらから考えるに、この地に根付く前の黒部家が別の所から引っ張ってきた宗教が時間とともに変化し、家伝来の形になったのではないかと氏は予想している。

とはいえ、黒部家や分家は町の寺の檀家でもあった。また神社へのお参り、祭り行事の参加など普通に行っている。お山に関してだけが特殊だった。

家を継いだ昭義氏は、行商を取り仕切るようになった。

とはいえ兼業である。黒部家と分家は農業と林業、山の猟を生業の基本とし、余力で別の土地から仕入れた商品を売り歩いている。商いそのものは分家が主だって執り行っていたが、数字に強い昭義氏が仕切ってくれと頼まれたのだ。

行商はそれなりに成果を上げ始めた。他の仕事もつつがなく回っている。

これで黒部家も分家も何とかなるだろう、本家の家長として自信を持ち始めた頃、母親が亡くなった。父親より十以上若かったが、農作業中に倒れそのまま逝ってしまった。

母親はお山に登らず、他へ行くのだなと思ったことを覚えている。


翌年には父親が亡くなった。

その通夜の晩だった。「死んだお前の父親が家の近くを歩いている」と駆け込んでくる者が数名いた。生前と変わらぬ姿であったらしい。

何処をどう歩いていたか訊ねると、やはりお山の方向へ進んでいるようだった。

よくよく思い出すと、父親が息を引き取ったとき、何かの気配がすぐ真横を通り過ぎたのを感じている。通り抜ける風のような圧と共に、肩から腕に掛けて何かがぶつかったような感触があった。少し硬いもの、例えば肩や肘のようなものが掠っていくような感じだった。

父親の死後から何年も過ぎた。すでに戦後を脱し、日本は高度成長期を迎えた後だ。

昭義氏は本家の家長として働き続けていた。

お山のことに関しても伝えられた通りに祀っている。時々お山へ行っては祠の手入れや洞のある大木の周辺清掃も独りで行った。

御先祖を何度も迎えていると、戻ってくる者達の気配をそれなりに感じ取れるようになってくる。賑やかだと父親が表現していた意味も分かってきた。見えない何者かが数名家にいる感じと言えば良いか。公民館のちょっとした会合で集まった人の賑わいに近い感覚である。当然姿は見えないので、帰ってきた具体的な人数は読み取れない。そしてその中に兄と父親がいたのかも分からずじまいである。確かめる術は一切ないのだから当たり前なのだが、少し寂しく思ってしまう。二人が一度でも帰ってこられているのならいいなと願わずにいられなかった。

三十歳を過ぎた頃、昭義氏は遅い結婚をした。

他県から嫁いできたその女性は彼より十五も下だった。

妻は翌年に懐妊し、息子が生まれる。跡継ぎだと皆喜んだ。

この頃になると、他の土地へ出ていく分家も出てきている。お山のことも忘れ去っていくようで、引っ越し先で汁の準備すらしなくなったと人伝に聞いた。

息子が成人した頃にはどうなっているか分からない。昭義氏は自分の代までで、お山のことは終わるのだろうと何となく感じていた。


息子が三歳を迎えた。その年は異常とも言える天候の日が多かった。

もちろん農業への影響も大きい。九月の末日まであと数日を前にして、昭義氏は仕事に忙殺されていた。

お山から帰ってくる者達を迎える準備をするのが夜中になってしまう。

家長がせねばならぬことだ。昭義氏は身体に鞭を打って祭壇を整える。

何とか全てを終えたのは、当日の朝。後は汁を残すだけだった。

日が落ちる。いつもなら暗くなるとそれなりに賑やかな気配が家の中へ入ってくる。しかし、一向にそんな様子が見えない。

こういうこともあるのだろうと、例年と違うことを昭義氏はさほど気にしなかった。元々黒部家のみに伝わっていることだ。他に比較するものがない。この出来事が異常なのか、それともごく希《まれ》に起こることなのか判断が付かない。だから狼狽える必要はないだろうと考えたにすぎなかった。

家族と夕食を摂った後、息子を寝かしつけた。

居間でブラウン管テレビを眺めながら妻と何事かを語らううち、気が付くとかなり深い時間になっている。眠らないと明日に響くぞと床の用意をしているときだった。

突然、玄関の戸が強く叩かれた。

玄関は土間と直結している。その土間から一段上がったところに居間があり、そこから玄関方向を直接見ることができた。

玄関の戸は磨りガラスが嵌め込まれた木製引き戸で、立て付けが悪い。大の大人が力を込めないと開かない代物で、小さな子供だと勝手にそこから出ていけない程だった。流石に古いものなので、そろそろサッシに入れ換えるかと相談していたところだった。

その重い戸が、僅かに開いた。指一本入るくらいの隙間だった。

掛けていたはずのねじ込み式の鍵、ねじ締まり錠が開いていた。内部から施錠した場合、外からは開けられないものだ。

隙間が空いた後も、戸は叩かれ続けた。数名の人間が掌で打つような音に変わっていた。嵌め込まれたガラスが振動で音を立てている。土間へ下りようとする妻を制した。磨りガラスに人の影が映っていない。戸を叩ける程の距離に人がいるのなら、おかしい。

昭義氏が戸の所へ近付いた。叩く音が止んだ。

戸の隙間に両手を掛ける。力を込めて半分ほど開けた。

その瞬間、氏の周囲が騒がしくなった。

一瞬お山から戻ってきた者たちかと思ったが違った。

まず、気配が濃い。姿は見えないが、人いきれすら感じる。人数は十人やそこらできかないように思えた。少なくとも数十人の気配だった。とても荒々しい。

気配は家の中を無遠慮に、傍若無人に歩き回っている。

微かな悲鳴が聞こえた。振り返ると妻が倒れていた。白目を剥いている。

その傍で息子が泡を吹いてのけぞっていた。何故眠っていた息子が妻の傍にいるのか。

二人の元へ駆け寄る。居間の上で人の気配が強まった。

時々、身体を小突かれる。爪先を踏まれる。頭を叩かれる。頬を引っ掻かれる。そして、首に何か生温かいものが巻き付いてきた。それは徐々に締まろうとしていた。

昭義氏は咄嗟に叫んだ。

「――俺ァとこでなく、他さ行けぇ、分家があるげぇ、そごへいげぇ」

何故自分がこんなことを口にしたのか。今も分からない。

直後、波が引くように気配が失せていく。半分ほど開いた玄関から確実に何かが出ていった。

慌てて戸に駆け寄り、力を込めてピタリと締める。鍵をねじ込み終えてから、開かないことを確かめた。

そしてすぐ居間へ駆け上る。妻と息子を介抱していると、徐々に意識を取り戻した。

ひとまず安心できるかと息を吐いたとき、気が付いてしまう。

家の奥に設えた祭壇が荒らされていた。上に載せたものが散乱している。

仮宅として用意しておいた木箱は、上から強い力で叩き潰されたように壊れていた。

眠ることができないまま迎えた早朝だった。

分家の一つから息子がやってきた。

「昨日、酷ぇことがあった」

いつもの通り、父母は早くに寝ていた。夜更かしをしていたその息子は、九月末日だからお山から御先祖達が戻ってくる日だなと何となく考えていた。

流石に夜も更けたと寝る準備をしているとき、何か騒がしい気配を感じた。それは家の中を横断し、父母が寝ている部屋へ入っていく。そして、父親の呻きが聞こえた。

中へ入ると、胸元を掻き毟る父親とそれに狼狽える母親の姿がある。目を剥き、唸り続ける父親に駆け寄ると、急に静かになった。

息が止まっていた。驚き、慌てふためいていると急に息を吹き返す。

大きく呼吸を繰り返す父親が言う。得体の知れないものに襲われた。黒い塊みたいなものが胸を圧し潰してきたので、呼吸ができなかった……。

「昨日はお山から御先祖が帰ってくる日だったが、何があったのでねか？」

昭義氏は、昨晩のことを思い出した。確かに分家へ行けと言ったが、まさか本当に行ってしまったのか。内心冷や汗を掻いた。

取り繕うように、「普通だったが」と答えて、分家の息子に土産を握らせ帰らせた。昭義氏は昨晩のことは黙っておいたほうがよいと決め、妻にも箝口令《かんこうれい》を敷いた。

しかし、その後も分家からの報告は五月雨のように続いた。

〈夜更かししてラジオを聞いていた。突然音入らなぐなった。おかしいなと弄ってたら、別の声が聞こえた。放送でねぇ、何ンかの会話のようだった。聞き取れねぇが耳澄ましてたら、家の中で何かが爆発したような音がした。部屋を飛び出すと、他の家族も起きてきた。音の正体は分がらずじまいだった〉

〈夜眠ってたらよ、たくさんの咳払いが聞こえだ。その後、何か木が裂けるような音がした。家ン柱の何本がに大けな亀裂入ってた〉

〈家族四人揃って布団さ入っていたら、うわんうわんていう大きなわめき声が響いた。ガガ(妻)が大声出した。見っと布団が剥がされ、寝間着が乱れてた。朝起ぎっと、水屋の皿が何枚も割れてた〉

そして、ある分家ではこんなことが起こっていた。

その日はお山から御先祖が戻ってくる日だということだったが、分家ではいつもと変わらない生活だった。

分家の男、その妻、生まれたばかりの娘と三人川の字で眠っていると、家の周りが騒がしくなる。まるでたくさんの人間に囲まれているようだ。目を覚ました妻と様子を探る。外の連中は何かの会話をしているが、内容が聞き取れない。こちらの方言ではないようだが、それ以前に響きが違っていた。

外にいる連中は誰だ。強盗か何かか。家の中に武器になるものがあるか。それとも裏口から逃げ出すか。妻と声を潜めて相談しているときだった。

激しい足音が家の中に侵入してきた。

施錠をしていたはずだ。窓も開けていない。

足音はまっすぐ家族の寝室へ向かってくる。廊下へ続く襖が僅かに開いた。指一本差し込めるくらいかどうかの隙間だった。襖の向こうは暗くて見えない。

娘だけは護らないといけない。そちらを見る。起きずに眠っているようだった。

身構えていると、襖が閉じた。足音は外へ出ていく。

気配が消えたと同時に家中の電灯を点けた。何処も鍵は開いていなかった。

寝室から悲鳴が聞こえた。妻が娘を抱きかかえて、飛び出してくる。

娘の息が止まっていた。

夜間病院は遠い。自家用車に乗せて運んだが、間に合わなかった。

分家からの報告が上がるたび、昭義氏は自責の念に駆られた。

自分が分家へ行けと言ったからだ、と。そして遂に子供が亡くなってしまった。

これまで父親の後を継いでそれなりにやってきたという自負も全て打ち砕かれる。

これからどうすればいいのか。自分に問いかけ続ける中、ある答えに行き着いた。

その答えを実行するために彼はじっと季節が変わるのを待った。

そして、冬になった。異様に寒く、例年より早く雪がパラつきだす。

特に冷えたある日の午後だった。

こんな日はお山の近くに誰も来ないだろうと、彼は大きな荷物を持ってお山を目指す。誰にも見られないように、細心の注意を払った。

お山へ入り、トウダンの道へ進む。昨日降った雪に注意しながら足を進めた。

トウダンの大木に辿り着くと、洞の中の石を取り出す。そして林業で導入していたチェーンソーで幹を伐り始めた。独りの作業である上、なかなか刃が入っていかず苦労する。自分のほうへ倒れないように調整したのだが、危うく巻き込まれるところだった。倒れたときの音は酷く大きく響いた。

伐った断面は年輪がはっきりしており、目が詰まっている
次に洞にあった石を玄能《げんのう》と鏨《たがね》で割った。禁足地へ通じる道の縄を引き千切り、鉄のチェーンに変える。何となくの行動だった。

倒した木、割った石をそのままにして下りていく。

洞窟の祠と入り口の祠は、中身を取り出した後、破壊しておいた。どちらも中にはこぶし大の石があったが、それもまた割っておいた。

ここまでしておけば、もうお山に目印はない。先祖があちらから戻ってくることは不可能になるだろう。もうあの夜のようなことは起こらないはずだ。

昭義氏は麓に下った後、オモテ側とトウダン側へ通じる出入り口にもチェーンを張った。封じのつもりだった。

翌日、彼は分家の男達を集めた。そこでお山に関する一切合切をやめると本家の家長として宣言する。

青天の霹靂《へきれき》だったはずだが、分家達も概ね同意した。あの夜起こったことに関し、皆が先祖とお山のせいだと結論づけていたからだろう。

昭義氏の息子が亡くなったのは、木を伐り倒してから間もなくだった。

風邪をこじらせたことが原因だった。

子を喪った後、妻の言動がおかしくなってくる。目を離すと何処かへ行ってしまって戻ってこない。そんなときは大体がお山の近くで見つかる。何度も連れ帰られてきたが、そのたびに大暴れするので往生した。

そして、遂に妻が帰ってこなくなった。行方不明者として届け出たが、行方は杳《よう》として知れなかった。

その後、昭義氏は全てを棄てて町を出た。

職を転々と変わりながら、北海道から沖縄まで移り住んでいる。

終《つい》の棲家として某所に住み着いたとき、幸運にも正社員として働けるようになった。以降、真面目に会社員として暮らしたが、新しい家族を作ることはしなかった。

また、分家筋などが行方を調べ、連絡を取ってくることもなかった。本当にあの町とお山と縁が切れたのだなと安堵したことは否めないと彼は言う。

その後、定年を迎えたが、再雇用してもらって働き続けている。

お山を、家を、故郷を棄てたと吐露する黒部老は、こんな言葉を吐き出した。

〈自分は逃げてきた人間で、過去の話は恥だらけだ〉

そんな思いを抱いているせいで、彼はお山関連の話を誰にも語らずにここまで来た。

語る必要がなかったことと、語っても意味がないだろうと思っていたことも理由だが、やはり口にすることで後悔の念に苛まれるのが厭だったようだ。

だが、自分はもういい加減年を取った。だから話した。これで肩の荷が下りたような気がする、と黒部老はホッとした顔を浮かべた。

追い討ちのようだが、質問を投げかけてみた。あの夜の〈帰ってきた御先祖〉達がいつもと違っていたのかについて、何か心当たりはあるのだろうか。

黒部老はよく分からないと首を振る。ただ、あの後ぐらいから日本が変わり始めたような気がする、とも続けた。

更にお山のことを訊いていると、黒部老はポツリと漏らした。

――今、俺が死んだら、何処へ行くんだろうなぁ。お山かなぁ。違うかなぁ。

木の話　――　ハーニーヌの鉄槌

久田樹生

湯前君は、大学をドロップアウトしている。

彼は二年生だった。理由は学生生活不適応、修学意欲低下である。

大学へ進むまで地元では成績も悪くなく、部活動もレギュラーとして活躍していた。高校までの友人達から言わせれば優等生という評価だったようだ。

辞めた理由は「遊ぶことを覚えて、身を持ち崩したから」。

大学中退でたくさんのものを失った。親の信用。そこからの勘当。地元の友人。大学の友人。遊び仲間も去っていく。

残されたのはバイトでも何でもして、自活しないといけない状況だった。

これから記すのは、その湯前君の証言である。

できうる限り時系列に沿って記載していくが、一部「書かないでほしい」と頼まれた部分に関してはは大幅にカットしてある。御承知いただきたい。

＊

退学から一年半ほど過ぎた。

湯前君はバイトで生計を立てていた。俗に言うフリーターである。

親からの仕送りが止まってから、借金も嵩んでいる。金が必要だった。割の良い仕事ばかりではない。複数のバイトを掛け持ちし、時には日雇い仕事もこなした。

それでも現状は良くならない。借金は増える一方だった。

世を儚んでも自死するのは怖い。しかし生きていても意味がないのではないかと思った。

そんなとき、たまたま出会った人がいる。

大久保という男性で、自分より十歳以上年上の人物だ。一見ＩＴ系の社長のような姿をしている。流行の髪型にジャケット姿で、常に意識が高い。

この大久保から「正社員にはできないけれど、ボクの下で働くか？」と訊かれた。給料は申し分なく、今やっている掛け持ちバイトを全部辞めてもお釣りが来る。

二つ返事で大久保の誘いを受けた。

＊

大久保は会社経営者であった。

ただ、その実態に関し湯前君が語るところによると〈半分反社、半分新宗教に近い〉。

実体のある会社もあるが、ペーパーカンパニーも幾つか持っている。

金は弱者から引いてこい。見つけたカモは生かさず殺さず、そこを起点に更にカモを見つけろ。大久保とその周りにいる役職付きはそんな言葉を口にする。

商売の一部は情報商材だった。投資などで高額を得るためのノウハウなどを売り、儲けを得る。物によっては詐欺に近く、犯罪スレスレだ。

が、犯罪スレスレの行為は、犯罪ではない。犯罪になっていないからこそ、スレスレと表現するのだと大久保達は嘯《うそぶ》いた。

ただし、手が回りそうになるとその商売を、関係した人間ごと切り捨ててしまうのも彼らの手口だ。所謂尻尾切りである。

また別の商売で重要な資金源となったのはスピリチュアル商法である。

大久保達は自称霊能者、自称占い師を多数抱えていた。その正体は胡散《うさん》臭い宗教被《かぶ》れやインチキオカルト研究家のような連中だ。表向きは単独での活動をしているような形に見せるが、バックに大久保達が付いている。

この霊能者や占い師、オカルト研究家が顧客の相談を受けるのだが、そこから発生する相談料、追加料金やアイテム販売等で発生する金銭からマージンを取るのである。スピリチュアル商売をする連中からすればトラブルが起こった場合の対応や処理、或いは宣伝などの費用を出してもらえることがメリットだ。そもそも自称霊能者や宗教家被れ程度の人間だ。真っ当ではない。だからトラブルも多いし、集客も苦労する。それでも大久保側に儲けがあるのだから、スピリチュアル商売というのは何だかんだで儲かるのだと湯前君は知った。凄い世界だった。

湯前君の仕事は、このスピリチュアル商法の管理である。

と言っても、全ての裁量を任されている訳ではない。スピリチュアル営業部部長という肩書きの木下という男が取り仕切っている。とはいえ、最終的に大久保が納得するかしないかが重要だった。

この木下もだが、大久保という男はスピリチュアルそのものは馬鹿にしていない。それどころか重視する癖がある。彼らが下に見ているのはインチキスピリチュアル家とそれに群がる顧客達だった。

大久保自身は「俺が三十代前半にして億を動かす人間になれたのは、シンジンしたからだ」と断言している。

シンジンとは神仏への信心ではなく、大久保の一族に伝わる呪術とその力の源であるハーニーヌという存在への傾倒を表現する言葉だった。

ハーニーヌと家伝の呪術こそ最高であり、日本の神仏やスピリチュアル営業部で雇っている盆暗《ぼんくら》ども、新宗教の連中など足下にも及ばないのがハーニーヌだ。大久保はそんなふうによく熱弁を振るっていた。絶対の自信を持っていることが滲み出ていた。

大久保はこのハーニーヌを信仰する新宗教も主催している。

一見、アメリカで流行ったニューエイジ（一種のサブカルチャー。精神世界）を模しているが、そこから徐々にハーニーヌへのシンジンへ移行させていく手法を取っている。

湯前君も大久保と関わった後、いつの間にかこのハーニーヌをシンジンするようになっていた。一種の洗脳であったのではないかという疑いもあったが、自らの意思が全くなかったかと言えば、嘘になる。そう誘導する大久保の手法が凄まじかったのだ。

そんな大久保の元で、スピリチュアル部の管理者として活躍する。それもまたハーニーヌのおかげだと彼は感謝した。この思考こそが、ハーニーヌの徒である証拠だった。

＊

湯前君が担当していた霊能者にこんな男がいた。

神経質そうな中年男性で、俗に言う〈見える〉人間だ。

相談者には一定のファンとも言うべき固定客、リピーターが多かった。

ところがあるとき、この霊能者が大久保と木下、湯前君の目をかいくぐって個人的なアイテムの売買をしていたことが発覚した。御札やブレスレットである。この売り上げは全て霊能者の懐へ入った。儲けは数十万から数百万円あったようだ。

大久保と木下は激怒した。が、気付かぬふりをして雇い続ける。どうしてそんなことをするのか訊いた。大久保は事もなげに言い放つ。

「ハーニーヌの呪術を掛けたから、アイツは大変なことになるぞ」

その言葉から三カ月も経たないうちに、霊能者に病が発覚した。重病であった。治療費のために困窮していく。追い討ちを掛けるように、これまでいた客達からの苦情が増えていった。

最終的には寝たきりとなり、霊能者としての活動もできなくなった。

大久保はその時点で契約を解除し、完全に見捨ててしまった。

相手に一番ダメージを与えられる形の報復だった。

＊

別の占い師ではこんなエピソードがある。

その人物は若い女性占い師で男性客が多く付いていた。そのおかげでかなり稼いでいた。

こうなると大久保との契約を取りやめて全てを自分でコントロールしたいと考えるようになる。その際、独立に当たってスピリチュアル部と揉めたとき、彼女はこんなことを口にした。

「大久保さんのハーニーヌは、インチキだから」

立て板に水の如く罵詈雑言《ばりぞうごん》を垂れ流す。ハーニーヌに対する悪し様な暴言に、その場にいた大久保や木下、そのとき既に信徒と化していた湯前君は怒り狂った。それでも占い師は我関せずである。自分は正当な占いを行うのだから、お前らのようなインチキ宗教とは袂《たもと》を分かつのが当たり前だと言い放つ。

当然の如く、大久保の手によってハーニーヌの呪術が掛けられる。ただし、その場面は見ていない。呪術は密かに行われているのだろう。

しかし、独立後に占い師は予約半年待ちになるほど人気を博した。

何をしても大金が転がり込んでいるようで、この世の春を謳歌《おうか》している。

ところが人気絶頂の最中、突然活動を停止した。

ストーカー化した客に襲われ、大怪我を負ったと言う。身体にも心にも後遺症を負い、もう人前に出ることすらできなくなったと木下から聞いた。まさか裏から手を回してませんよね？と訊いてみたが、木下は真顔で返す。

「そんなことしなくても、ハーニーヌが直接動いてくれるだろうが」

確かにそうだと、湯前君は納得した。

＊

一人の霊能者が首を吊った。

彼はお呪《まじな》いが得意でビジュアルも悪くない。女性客がたくさん付いていた。

所謂〈恋愛営業〉も行っていたからだ。そのせいでトラブルも多かったが、大久保と木下が対応することで事なきを得ていた。

その彼が死んだのは、事務所兼自宅のマンションの一室だ。自殺として処理されたが、部屋の中にはお呪いで使う道具や、海外の呪物らしきものなどが散乱していた。木下と湯前君がそれを確認している。

「アレが死んだのは、ハーニーヌとの契約を反故にしたからだ」

非常に大きなトラブルを収めてもらう際、自死した男はハーニーヌと、ある契約をしていた。

それは酒と女を絶つことだった。

男はどちらも守れなかった。それはハーニーヌを信じていなかったからではないか。そしてハーニーヌとの契約を軽んじていたからではなかったのか。

「ともかく、契約を破れば自分で死ぬようにしていたからな」

大久保と木下はさも当然のように言い切った。

＊

湯前君が大久保の元で働き出して、三年が過ぎた。

雇い入れられたときの言葉通りに正社員にはなっていない。正社員という扱いができるような業務形態ではなかったからだ（注：ただし、正規雇用ではない者も便宜上社員と称されていたという）。

変わりに、ではないだろうが、月に一度手渡しされる給料の額がかなり上がっていた。同じ世代の平均年収を遥かに上回る。更にいえば、同世代の一流企業勤めの年収ですら足下にも及ばない。異常なほどの額だ。

この頃には木下の跡を継ぎ、スピリチュアル部部長を拝命している。

大久保の信頼を得た証拠だと思った。元部長だった木下は数カ月前に大久保の新事業を任せられている。ハーニーヌの加護だと彼は自慢げだった。

スピリチュアル部は大久保直轄であり、部長ともなれば彼の片腕に近い扱いをされる。

だから、ハーニーヌの特殊呪術や儀式を行う場にも参加する権利を得られた。

ハーニーヌの呪術・儀式は数種類ある。

例えば、朝の勤めだ。

朝、大久保が所有するビル内にあるハーニーヌを祀った部屋へ入る。

殺風景な会議室のような部屋の奥に、会議用テーブルが横方向に置いてあった。

その上には黒光りした木箱が設置してある。形は長方形で、大きさは小型の簡易仏壇くらいだろうか。奥行きは机の幅程度だ。正面に観音開きの扉が付いている。

扉の中にハーニーヌの分体が入れられているが、絶対に開けるなと命じられた。

箱の前に大久保が立ち、その真後ろに湯前君が並ぶ。

大久保と呪文を唱えるのだが、それは大久保が唱えるものを耳で覚えさせられた。ハーニーヌの名やその変形らしいハニーラーやハニドのようなものの他に、チャクやヨーに近い響きが多い。抑揚は方言のような趣があった。

呪文自体は全体的にそこまで長くないから、何度も繰り返すことになる。

それを終えた後、大久保が選んだ中堅社員数名が部屋に入り、箱の前で同じく呪文を唱えた。

その様子を後ろから二人で眺めるのだが、その間、大久保は両手をくるくる回したり、手招くような動きを繰り返した。

その後、大久保と湯前君はビル内にある洗面所で顔を洗い、うがいをした。

それで朝の勤めは終わる。

このような勤めは他にもあったし、全く別の儀式めいたものも多かった。

スピリチュアル部長の肩書きを与えられたとき、人には言うなと言われる別の役職名も付けられている。それは〈官部〉である。何故か、かんび、と読む。

二人のとき、大久保は湯前君を湯前官部と呼んだ。他の人の前では部長であった。

＊

官部である湯前君は、年二回行われる別格の儀式を行う場にも参加する。

初めてのとき、それを山で行うことを知った。そもそも前情報すら与えられないのだ。

「湯前は官部なのだから、まずは来ればいい。終わってから説明する」

大久保はそれ以上は訊いても無駄だと言わんばかりの態度だった。

儀式当日のまだ暗い早朝、運転手付き高級車に大久保と湯前君が乗る。

途中の駅前で白いワンボックスワゴン一台と合流した。その際、運転手と助手の二人と挨拶したが二人とも荒事が得意そうな外見をしていた。後ろにも誰か乗っているようだが、そのときは分からなかった。

高速から下りたのは日が昇った後だ。そこから国道を進み、山道へ入る。そこまでがかなり遠い。山を登る道はある程度整地されているので、かなり上のほうまで車で上がることができた。終着点には車が数台停められそうなスペースが設けてある。

そこで高級車の運転手を除く全員が車を降りた。

ワゴンの後部座席から出てきたのは四人。男二人に、女二人だ。大久保曰く「どれも社会の底辺の阿呆どもだ」。彼らはだらしない身なりで、自堕落な空気を纏っていた。年齢は二十から三十代だと思われた。そしてワゴンの運転手と助手が後に続く。

高級車からは湯前君と大久保が降りた。大久保の手には何故か樫の木の木刀が握られている。

そこから木々を抜けた先に鉄筋コンクリート製の建物が見えてきた。

シンプルな外観は、何処か低額家賃の古い公営住宅のような雰囲気が漂っていた。そして建物の上には木々が覆い被さるように枝葉を伸ばしている。上空から見てもここに存在する建物を見つけるのは困難だと予想できた。

ワゴンの運転手と助手が、男女四人を建物へ入れる。圧を掛けながらなので、何処か囚人などを追い立てるような雰囲気があった。

最後に湯前君と大久保が屋内へ足を踏み入れる。片開きの入り口ドアはやや小さかった。

中は白い壁と床で、窓は一つもない。床はタイルで、丸い排水溝らしきものが設置してある。よくよく見れば、壁の低い位置に水道の蛇口が一つあった。

ただ、それより目を惹くものがある。

部屋の中央で横倒しにされた枯れ木だった。

成人男子の身長程度の長さだ。太さは大の男が両手をやっと回せるくらいだろうか。その枯れ木は無造作に置かれている。上は伐られており、平坦な伐り口を見せていた。が、根元側に根が広がるように残っていた。幹は灰色っぽい色をしている。虫に喰われたのか、所々が崩れていた。その中に木の色が残っている。残された枝や根には途中で折れている部分が多い。枯れているから壊れ易いのかもしれなかった。

しかしこんな大きさの木を何処から入れたのだろうか。入り口からは難しい気がする。よく観察すると、部屋の壁の一部に両開きの大きな扉があった。枯れ木はそこから運び込まれたようだった。

枯れ木を取り巻くように男女がパイプ椅子に座らされる。

その後、彼らは結束バンドで後ろ手に縛られた。更にバンドを使って椅子に固定され、身動きできないようにされる。身体を捩れば椅子ごと倒れることは難しくないだろうが、それから自力で元に戻るのは不可能な固定のされ方だ。

男女は延々毒づいている。品のない人間性が丸わかりだった。

ワンボックスワゴンの運転手達が外へ出る。扉が閉じられた。

大久保は湯前君にハーニーヌの呪文を唱えるように命じられる。そして当の本人は男女の肩辺りを木刀で一発ずつ殴った。彼らは怒声を上げる。それを無視して大久保は口を開く。

「お前ら、あの木をじっと見ろ。そして深呼吸しろ」

ほぼ命令だ。男女は言うことを聞かない。また木刀で殴られた。今度は複数回殴打が繰り返された。男も女も次第に声が小さくなってくる。

深呼吸するか？　という大久保の声に男女は黙りこくった。ずーっ、ぶぅーっという詰まりかけた排水溝のような呼吸音が聞こえ始める。多分、鼻血か何かで鼻と口が鳴っているのだろう。木を見ろ。集中しろと大久保から檄《げき》が飛ぶ。

無意識に呪文を止めてしまっていた。大久保から叱られる。呪文が重要なのだと諭された。その後、大久保も呪文を唱え始める。

どれくらい呪文と男女の深呼吸が続いたか。湯前君の喉が嗄《か》れてきたタイミングで大久保の声が止んだ。そして部屋を出るぞと促される。

ドアを潜るとワゴンの運転手と助手が深々と頭を下げた。後は頼むぞと大久保は言い棄てて、車へ戻る。

山を下る途中、ふと思いついたことを訊ねる。あの男女は、この後どうなるのか、と。大久保は平然と答えた。

「飯も水もなし。小便、糞垂れ流しで延々とキにキを入れてもらう。三日間だ」

キにキを入れるとはどういうことか、湯前君には理解できない。儀式も終えたからと、大久保が説明してくれた。

あの枯れ木はハーニーヌのカリタイ（仮体？）である。ハーニーヌを入れるため、生きた人間の〈気〉を〈木〉に移す。入れる。枯れ木は空っぽだから、気が入り易い。儀式を終え、気が満ちた枯れ木は分割し、加工を済ませてからハーニーヌとして関係した各方面に配られる。

――それが儀式の目的であった。

では、木に気を入れた後、その人間達はどうなるのだろうか。湯前君の疑問に、大久保は何でもないような口調で返した。

気が萎えているだろうが、再利用する。ああいう底辺でもまだ利用価値はある。蛇の道は蛇だ。マニアもいるからな――。

*

木に気を入れる儀式に四回ほど参加した。

毎回毎回、何処で見つけてくるのかと言うくらい似たような連中がやってくる。

年齢は変わらず二十から三十代だったが、男女比率と人数は都度違う。一番多いときで七人で、四人以下になることはなかった。

時々、大久保は木刀ではなくマチェットのような刃物で脅しつけることもあった。他、鉄パイプで一人の頭を割り、他の男女に言うことを聞かせることもあった。

四度目の儀式が終わった帰り道の車内だった。

湯前君は大久保から一方的に解雇を言い渡された。理由は「お前の気が空っぽになりかけているから」。自分では分からない。どういう観点でそんなことを言うのかと縋《すが》り付くと、彼は苦々しげに言い返してくる。

「それが分からないのが駄目なんだ」

前任者の木下はそんなことが一切なかった。儀式に参加すればするほどハーニーヌの加護を受け、気力に満ち溢れていた。だから新規事業のトップへ抜擢できたのだ。しかしお前はハーニーヌのためになる才能があると目を掛けたのに、それを裏切った。無意識に枯れ木に気を取られるとは期待外れだった、と大久保は次々に言い放つ。

退職金にある程度纏まった金はやるから、早々に何処かへ行けと追い払われた。

＊

湯前君と初めて会ったのは、彼が大久保の元を離れた一、二年後だ。

あるルートで紹介されたのだが、それもまた偶然が重なっている。時期的に世界的疫病が流行る前で、当初は湯前君が語る〈別の人物の話〉を記録するためだった。

繰り返し顔を合わせた後、彼が「変な話だけど、聞きたいか」と口にする。

変な話かどうかは分からないので是非と頼んで出てきた話がこのエピソード群である。

大久保達のことに関して、彼はこう表現した。

〈大久保のハーニーヌは極々個人的な宗教であり、ミニマムなものでしかない。小さな世界でイキっている反社のリーダーや取り巻きにすぎないのではないか〉

念のため、これらを書いても良いのか確認した。

彼は大丈夫だと答える。理由は大久保が湯前君に告げた言葉にあった。

〈いろいろなところで話してもかまわないが、お前が自分の信用を失うだけだ。頭がおかしい人間だと思われるのがオチだろう。だから俺の子飼いやネットワークはお前を追い込むこともしない。放置する。ただ、話したらハーニーヌの鉄槌が下るだろう。そういう契約になっている〉


ハーニーヌの鉄槌。

鉄槌という言葉が印象的だったと湯前君は苦々しい顔を浮かべた。

鉄槌とは文字通り、大型の金槌を指す。だが、厳しい訓戒、命令、制裁も表す言葉だ。

この場合は制裁のことを示しているのだろう。

大久保のことを話したら下る鉄槌とはどんなものか。本当にそんなものがあるのか、試してやるのだと彼は言い切る。一度は信じた大久保とハーニーヌだったが、一度離れると敵視する対象に変わったようだった。

しかし一連の話に〈契約不履行における呪術〉などがあった。それらを目の当たりにしてきた湯前君のはずなのに、試したいとは何事だろうか。

当人も上手く説明できないようだった。そんなものはないと否定したいのか、それとも自分が信奉していたハーニーヌがやはり本物だと再確認したいのか。よく分からなくなっているが、これが自己破滅型の思考なのだろうなと自ら口にしていた。

だから、検証するために何があっても世に出してほしい、と湯前君から強く頼まれる。

書けそうな機会があったので何度かチェックをしてもらったものの、何故かその直後、立ち消えになる。それこそ書こうとするとタイミングを繰り返し失ってしまった。

だが、湯前君はそれでも諦めなかった。

時々「ここはカットで」「ここの名称は変えてほしい」などのリクエストを定期的にくれる（その中に「〇〇〇〇〇の名と呪文は少しだけ変えてほしい」とあった。だから若干の変更を加えたものをここまで記載している）。

彼の協力に対する有り難さとともに、いつまでも書けない申し訳なさがあった。

その後、世界的疫病が流行した頃、突然彼と連絡が取れなくなった。彼と繋いでくれたルートも行方は分からないと首を傾げている。何処かで孤独死をしているのではないかと、笑えないジョークを言われたが、同意はできなかった。

そのまま今に至ったが、偶然が偶然を呼び、こうして発表の場を得た。

もちろん書けないこともあるし、年月が過ぎた今、新たな疑問も出てきて確認したいことが増えた。が、それもできなくなった。

だが、こうして彼の願い通り形にして発表できたことは僥倖《ぎょうこう》だろう。

そういえば、湯前君に年齢を訊ねたことがある。

何歳でどうなったのかという点の確認もあるが、仮名を氏で表記するか、さんにするかなどを決めるため記録しておく必要があった。

何故か彼が運転免許証を取り出す。そこで彼の年齢を知った。

正直、驚いたのは否めない。

失礼な話だが、彼の外見から二十代後半だと思えなかったからだ。

白髪の量、頭髪の後退、肌の質感、皺、背筋の曲がり具合、首と手の指の状態。目にした状況から彼がそれなりの年齢の人物だと思い込んでいたのである。唯一、二十代らしいなと思ったのは声と言葉のチョイスだった。が、それも外見で打ち消されてしまう。

もしかしたら別の人が他人の免許を持ってきたのではないかと一瞬疑った。しかし免許の写真と目の前の人物は同じ顔をしている。表記された内容にもおかしなところはなかった。偽造でもしていない限り、同一人物であることは明白だった。

紹介してくれたルートからもその辺りの話はなかった。湯前という人間がいて、ある人物のおかしな話を知っているから紹介する。携帯番号を教えるから、そっちからコンタクトを取ってくれと言われ、その後はノータッチになったのだ。湯前君の詳細を伝えなかった理由は、当人に会えば分かるだろうと思ったからだと後に聞かされた。

年齢と外観の差異に関して、湯前君自身も自覚していた。

大久保の元を去る少し前から、白髪が増えたな、体力がなくなったなと思っていた。その後、大久保と袂を分かった後、急激に外見が変化していったのだ。

貰った金でアンチエイジングをしてみたが、あまり効果がなかったらしい。

だが、これはハーニーヌの鉄槌ではないと彼は断言する。そのときはまだ大久保とハーニーヌのことを誰にも話していなかったからだ。

そして、あの各種儀式や大久保のことを直接目にしてきたからこそ、これくらいのことを鉄槌と称するのは違うだろうと言い切った。

湯前君と最後に会った際、彼はこんな言葉を残している。

〈大学を辞めたことが分水嶺《ぶんすいれい》だった。あれがなければ、大久保にも、ハーニーヌにも出会わなかった〉

湯前君と連絡が取れなくなった今、ハーニーヌの鉄槌についての検証は難しくなった。

そして数々の不明な点も問うことができず、全てはただ虚空に浮き続けている。

著者プロフィール（五十音順）

蛙坂須美（あさか・すみ）
東京都出身・在住。二〇二二年、共著『瞬殺怪談 鬼幽』でデビュー。著書に『怪談六道 ねむり地獄』、共著『実話奇彩 怪談散華』『実話怪談 虚ろ坂』『怪談番外地 蟲毒の坩堝』ほか、文芸誌に短篇小説や書評、エッセイを寄稿するなど、ジャンル横断的な活動をしている。

営業のK（えいぎょうのけい）
石川県金沢市出身在住。二〇一七年『闇塗怪談』でデビュー、不動の人気を得る。主な著書に「闇塗怪談」「怪談禁事録」各シリーズ。最新刊は多故くららとの共著『霊鬼怪談 阿吽語り』。

加藤一（かとう・はじめ）
一九九一年刊行の『「超」怖い話』（勁文社版シリーズ第一巻）に最古参共著者として参加し、怪談著者デビュー。以後の三十三年を怪談とともに歩む。『「超」怖い話』四代目編著者、監修者。著、共著、編・監修した怪談本は二百冊を超えた後、数えていない。単著最新刊は『「弔」怖い話 黄泉ノ家』。

神沼三平太（かみぬま・さんぺいた）
神奈川県相模原市在住。大学や専門学校等で教鞭を執る傍ら怪異体験談の蒐集執筆を行う。竹書房怪談文庫で二千三百話を超える実話怪談を発表。無慈悲系厭怪談の作品群を収録する単著群（最新刊は『怪奇異聞帖 地獄ねぐら』）以外に『恐怖箱 百物語シリーズ』のメイン執筆を担当中。

高野真（こうや・まこと）
海と乗り物と旨い物を愛する関西人実話怪談作家。正体は武蔵野原に居を構える会社員。単著『恐怖箱 怪道を往く』の他、共著・アンソロジー『恐怖箱 忌憑百物語』『恐怖箱 聞コエル怪談』、DVD『怪奇蒐集者 弘前乃怪』等。最新刊は『恐怖箱 禍言百物語』。

月の砂漠（つきのさばく）
埼玉県出身。構成作家・舞台脚本家・学習塾講師。竹書房での主な参加共著に『実話怪談 怪奇島』『呪録 怪の産声』など。第七回森三郎童話賞で最優秀賞を受賞。血圧高めの恐妻家。

つくね乱蔵（つくね・らんぞう）
一九五九年福井県生まれ、現在は滋賀県在住。実話怪談大会「超‐1／二〇〇七年度大会」でデビュー。二〇一二年の初単著『厭怪』で厭という概念を産みだした。以降、厭系怪談の開祖として数々の単著や共著を発表。読む者に絶望的な喪失感を与える怪談は、他の追随を許さない。

内藤駆（ないとう・かける）
東京都出身。専門学校時代、集めた怪談を持て余しているところを加藤一氏に拾われ、共著『現代怪談 地獄めぐり』にて二〇一八年にデビュー。現在は一般社会人をしながら、東京を中心に怪談を蒐集している。単著に恐怖箱シリーズ『夜泣怪談』『夜行怪談』、『異形連夜　禍つ神』など。

服部義史（はっとり・よしふみ）
北海道出身、恵庭市在住。体験談の空気感を重要視する為、現地取材数はこれまでに九千件を超える。著書に『実話奇聞 怪談骸ヶ辻』『実話怪奇録 北の闇から』『蝦夷忌譚 北怪導』『恐怖実話 北怪道』、その他共著に「恐怖箱」テーマアンソロジーシリーズなど。

久田樹生（ひさだ・たつき）
一九七二年生まれ。小説、実録怪異譚、ルポルタージュ他を執筆している。近著に『忌怪島〈小説版〉』『牛首村〈小説版〉』『熊本怪談』『仙台怪談』（全て竹書房刊）などがある。

ホームタウン
怪談カルチャーのニュースサイト「怪談ガタリー」編集長。現在『杜下怪談会』『谷中怪談会』『銀座一丁目怪談』『恐点』等、都内を中心に怪談会の主催や出演など精力的に活動中。

松岡真事（まつおか・まこと）
長崎で板前をしながら怪談を取材、執筆。各種小説投稿サイトにて「真事の怪談」シリーズを連載し、百物語を完結させる。竹書房では『お道具怪談』『予言怪談』『たらちね怪談』で共著参加。松岡節と呼ばれる独特の文体で〝奇談〟寄りの話を多く手がける。

松本エムザ（まつもと・えむざ）
竹書房怪談マンスリーコンテスト受賞を機に、二〇一九年『誘ゐ怪談』を上梓。主な著作に単著『貰い火怪談』『狐火怪談』、共著『栃木怪談』『お道具怪談』他。出演DVDに『怪奇蒐集者』『真夜中の怪談』等。「綴り」と「語り」で怪談の魅力を鋭意発信中。栃木県在住。

夜行列車（やこうれっしゃ）
東京都出身。ピッコマ・くらげバンチにて『首くくりの町』『山に入れなくなった話』電子漫画連載中。国内では書籍ゼロながら海外では四カ国で発売中。竹書房では『呪物怪談』に参加。

若本衣織（わかもと・いおり）
第二回『幽』怪談実話コンテストで「蜃気楼賞」に入選。二〇二三年初の単著『忌狩怪談 闇路』を発表。主な共著に、神沼三平太氏とのふたり怪談『実話怪談 玄室』のほか、近共著として『怪談番外地 蠱毒の坩堝』がある。

渡部正和（わたなべ・まさかず）
山形県出身・千葉県在住、O型。二〇一〇年より冬の「超」怖い話執筆メンバーになる。二〇一三年、『「超」怖い話 鬼市』にて単著デビュー。主な著書に『「超」怖い話 鬼窟』『「超」怖い話 隠鬼』『鬼訊怪談』、その他「恐怖箱」レーベルのアンソロジーでも活躍中。

★読者アンケートのお願い

本書のご感想をお寄せください。アンケートをお寄せいただきました方から抽選で5名様に図書カードを差し上げます。

（締切：2024年9月30日まで）

応募フォームはこちら

伝承異聞 呪林

2024年9月5日　初版第一刷発行

著者……蛙坂須美、営業のK、加藤一、神沼三平太、高野真、月の砂漠、つくね乱蔵、内藤駆、服部義史、久田樹生、ホームタウン、松岡真事、松本エムザ、夜行列車、若本衣織、渡部正和（五十音順）

編者……加藤一

カバーデザイン……橋元浩明（sowhat.Inc）

発行所……株式会社　竹書房

〒102-0075　東京都千代田区三番町8-1　三番町東急ビル6F

email: info@takeshobo.co.jp

https://www.takeshobo.co.jp

印刷・製本……中央精版印刷株式会社